書きたい生活

僕のマリ

柏書房

書きたい生活

目次

はじめに

ある日、嫌いだった常連の訃報《ふほう》を聞いたとき爆笑した。わたしにはそういうところがある。

そんな書き出しの本を書いた。二〇二一年九月、『常識のない喫茶店』、それがわたしの商業出版デビュー作だった。当時わたしが働いていた（実在する）喫茶店で起こる出来事を、ありのままに綴《つづ》ったエッセイである。

一度の滞在でクリームソーダを三杯続けて飲む猛者《もさ》、お気に入りの店員にスケスケのタイツをプレゼントする中年、来るたびに小さな灰皿を盗む男とゆで卵用の塩入れを盗む連れの女……。しかし店の者もすごい。コーヒー一杯で長居して、他の客に席を譲らない老人と喧嘩する（これまた老人の）マスター、暴言を吐いてきた半グレ風の男性客を店の外まで追いかける同僚であり戦友の「しーちゃん」、ゴミを持ち込んだ客に「うちもいらないです」と突き返すわたし。刺激的すぎる毎日ではあったものの、間違っていることにNOを突きつける、嫌な気持ちを我慢しないという店の理念に、わたしは随分と救われていた。「仕事なんだから我慢しろ」「店員なら耐えろ」という感想も見かけたことがあったが、その我慢や忍耐が何になるんだろう。正しさとは、なんだろう。

本を読んだ人に嫌われたってよかった。我儘《わがまま》とか、気が強い（何故か女性にあてがわれるネガティブな意味の、不思議な言葉）とか、こんな店行きたくないとか、そう感じる人は多かったと思う。でも本当のことを書きたかった。『常識のない喫茶店』は、苦しい二十代を過ごしたわたしの、再生の物語でもあったのだから。ときに批判的な声もあったけれど、それ以上に「勇気をもらった」「救われた」という声も多く届いた。自分の傷を癒やし、誰かの傷も癒やせたのだと思うと、同じく勇気をもらったし、救われた。わたしにとって本を書くことは、自分の正しさを失わないための祈りでもある。

本を刊行して、その翌月には喫茶店を卒業、長く住んだ街を引っ越した。パートナーと一緒に住みながら、週に何回かバイトしつつ、やはり文章を書いている。運良く、執筆の仕事は続いており、コラムを書いたり、本を作ったりして暮らす日々。穏やかでありながら、でも何気ない日常こそ、書いているのが楽しく、そして尊い。

毎日が楽しくて幸せで、とは言い切れないような日もある。三十歳になったが、いまだに泣いたりする。でも、それ以上に豊かで満たされていると感じる。それは、一緒に暮らすパートナーの存在や友人、子どもの頃から大好きな本、おいしいごはんや道端で会う犬や猫のかわいさが、心の隙間に入ってくるからでもある。そして何より、書くことで自分を作っていくような、そんなあかるさがいつも、わたしの心を照らしているのである。この本には、そんなわたしの、ちっぽけであたたかな生活を書いた。どんなことも忘れたくないと、ずっと思っている。

I

常識のない喫茶店

初めての商業出版

初めて文章の仕事を依頼された日のことを、よく覚えている。二〇一八年の冬、友だちと飲みに行く予定があったので山手線に乗って、渋谷に着いたところだった。ホームの端っこに寄って新着メールを開くと、カルチャー誌の編集部からで、コラムを書いてもらえないか、と書いてあった。よく知っている雑誌だったので、なおさらすぐには信じられずに「詐欺《さぎ》メールだろうか」と疑心暗鬼になった。その依頼が本物だとわかり、数日かけて原稿を書いて、送信して、「いい思い出ができたな」とうれしくなる。発売日、書店に行って自分のコラムが載っているページを眺めては胸が高鳴った。「たまたま書き手が不足していたのだろうけど、でもラッキーだ」と思い、一冊送ってもらっているのにもう一冊買った。二十六歳の冬、宝物を手にした。

頼まれなくても書いていた。コンビニのネットプリントというサービスを使って、書いた文章を登録して、読みたい人に印刷してもらうやり方でたくさん書いた。ブログも更新して、とりとめのないことや忘れ得ぬ思い出を綴った。同人誌即売会で知り合った書き手仲間と二人で日記集を作り、販売した。書いたものが人に読まれるのが、こんなに満たされることだと思わなかった。発露した感情が指先にのって言葉になり、文章として流れてどこかの誰かに読まれる。情緒がめちゃくちゃなわたしにとって、書くことは自分の心を鎮めることだった。しかし、気持ちを言葉にすることで冷静になる反面、形容しがたい激情が澱《おり》のように深く沈み込んでいるのも感じる。気持ちが昂《たか》ぶっているときはやっぱり、いいものが書けたと思う。だから、原稿を書きながら泣くことも多い。書くことで消耗して自分が削れていくとしても、それでよかった。そういう生き方をしたいと思えるくらい、書いて表現することが好きだった。

運良く文章の依頼は続き、仕事として書き続けることができている。当初、仕事で書く文章と、自費出版で書く文章は半々くらいだったと思う。二〇一九年十一月、主戦場だった「文学フリマ」という同人誌即売会で、ふざけた書き出しのエッセイを一枚書いて配った。無料だから文句を言う人もいないだろうと思い、好き勝手書いた。するとそこから連載をやりませんかと声がかかり、書籍化することになった。連載中、正直「本当に書籍化するのだろうか」という懸念はずっとあった。担当編集を信じていなかったわけではなくて、自分は無名作家だが大丈夫だろうか、書籍化するとして売れるのだろうかと、常に悶々《もんもん》としていた。しかしその不安は、最終回へ向かうにつれて薄くなっていく。回数を重ねるごとに文章が強くしなやかになるのを実感して、最終回を書き終えて送信したとき、書き手としての位相が変わったような感覚だった。『常識のない喫茶店』で起こった出来事がわたしを強くしたと同時に、連載として世に発信したことで、自分が獲得してきたものを自覚したのだ。

二〇二一年の夏は、いつも喫茶店の勤務終わりに書籍版のゲラのチェックをして過ごした。店が特定されないことに細心の注意を払いながら、来る日も来る日もゲラを確認して、最初から最後まで何度も読み直した。喫茶店の仕事が忙しくて毎日へとへとだったけれど、気持ちは静かに昂ぶっていた。高校三年生の文化祭の準備期間のことを思い出した。仲間を集めて、新しくて面白いことをやろうと、前のめりになって挑戦していた日々。校了したあとは、まだ始まっていないのに何かが終わったような気持ちになった。あとは流れに身を任せるのみだ。九月十日の配本日、通っている書店に自分の本が置かれているのを見たとき、人生の最終回みたいだ、と思った。アイドルになるより、アスリートになるより、ずっと難しいことのような気がしていた。ずっと夢見ていたことが叶ったとき、満たされるようでいてどこか切なかった。商業で本を出すことができたわたしは、次は何を望むのだろうか。

商業だから、売れるのがベストだと思う。営業部の判断で初版部数を増やしてもらったと聞いたときは、うれしい反面、この部数が誰かの手に届く想像ができなかった。いい本を作ったと思うけれど、いい本だからといって売れるとは限らない。もし売れなくても、本を出せただけで万々歳だ。そう、売れないのは怖くない。でも、誰の心にも響かないのは怖い。たくさん売れてなんとなく読まれるより、少ない部数でも誰かの心に深く突き刺さってほしいと思った。この三年間、そういうものを書いてきたつもりだった。嫌いでもいいから、見つけてほしい。

自分の本が一般流通するということは、わたしのことをまだまだ知らない人に知ってもらうチャンスでもある。新たな読者もつくだろう。でもやっぱり、同人誌時代から応援してくれていたファンのもとに『常識のない喫茶店』が届くことが、何よりうれしかった。決してアクセスがいいとは言えない場所で行われる即売会にいつも来てくれたり、ネットプリントを毎回読んでくれたり、わたしのコラムを読むために雑誌を買ってくれる人の存在が、確実にこれまでの支えになっていた。商業出版が、そんな昔からのファンへの恩返しになればいいと思った。

本が発売されてからしばらくは、書店に行くとき少し緊張した。自分の分身が全国に散っているような気分だった。果たして自分の本が置かれているのか、どこに置いてあるのか、気になってきょろきょろしてしまう。コロナ禍《か》であんまり遠出もできなかったので、行ける書店は限られていたが、様々な書店で置いてあるのを確認した。たいてい「エッセイ」「新刊」の棚にあるのだが、まれに「ガールズエッセイ」という棚にあるときは気恥ずかしくなった。「彼にもっと愛される方法」「男を沼《ぬま》らせる女」など、そういう本に挟まれているのは肩身が狭そうだった。むしろ、最も遠いところにある本だと思って笑えた。個人的には自己啓発本の棚に置いてみてほしいと思った。

何冊か献本した際に、「マリさんが信頼できる人たちと仕事していることが頼もしいし、安心した」と作家の先輩が言ってくださった。似たようなことを友人にも言われたことがある。「変な人に見つかって、消耗されたりしなくてよかった」と。それはわたしもずっと感じていたことだった。エッセイという内容もさることながら、文章を書いて編集者とやりとりするのはとてもパーソナルなことで、裸を見せるより恥ずかしい気がする。ある意味、自分の急所を見せながら前に進んでいく作業だと、わたしは思う。今回は信頼できる人たちと手を組んだからこそ、自分の持てる力を振り絞れた。書くことに集中して、他のことを全部委《ゆだ》ねられた。初めてのことで少しの不安はあったけれど、自信と矜持《きょうじ》を持って出した一冊なのだ。もしも売れなくても、自分のなかにある正しさは失わない。そうやって、目には見えないものをたくさん獲得していたことに、改めて気づく。

その後の喫茶店

「マリちゃんの本、アマゾンで予約してたんだけど、待ちきれなくて駅前の本屋さんで買っちゃった！」

出勤するなり、同僚のしーちゃんが興奮した様子で話しかけてきた。「買ってくれたの？　著者は十冊くらいもらえるから、あげたのに」と言い、慌ただしさで身近な人に本を渡せていないことに気づいた。しーちゃんの他にも、仲の良い友だちやお客さんは、店の近くの書店で本を買ってくれたらしく、そこは自分も思い入れのある書店だったのでうれしかった。『常識のない喫茶店』が、配本日に行きつけの書店の目立つところに平置きされている光景を初めて見たとき、ああこれは、本当に本当なんだ、ついにこのときがきたんだ、と胸が熱くなった。しばらく売り場を見つめて、もう何冊も持っているのに一冊買ってみる。初めて自分の書いたコラムが雑誌に載ったときと、同じことをしていた。自分の作品をレジに通して買うのが、不思議な感覚だった。

これは自分で本を出すまで知らなかったことなのだが、「配本日」というのは問屋さんである取次に本が納品(搬入)される日を指すそうで、それから順次書店へと発送されていくことになる。だから一律の「発売日」というものは正確にはないようだ。『常識のない喫茶店』が配本されたのは九月十日で、そこから各地の書店や、ネット書店での販売が始まった。発売前から予約してくれていた人たちや、配本のアナウンスを聞いてすぐに書店へ駆けつけてくれた人たちが、本を手に入れた様子を写真付きでSNSに投稿してくれた。喫茶店での勤務の休憩中にその投稿を眺め、ありがたいなあと、目が潤《うる》む。コーヒーを淹《い》れていても、サンドイッチを切っていても、洗い物をしていても、自分の本が他の作家の本と肩を並べて過ごしている景色を想像していた。どこか浮き足だった気持ちで過ごす。薄く切った指の先にレモンの果汁が沁みても、痛みを感じなかった。その日の晩は缶ビールを一本開けて、ベランダで飲んだ。二十八歳の秋のことだった。

発売されてからしばらくは、たくさん連絡がきた。たくさんの「おめでとう」を受け取って、友だちからは「大好きだよ」という言葉をもらった。あの書き出しの本を読んで「大好き」なんて言ってもらえるんだな、と思っておかしかったけれど、わたしはわたしのままでいいのだと思って少し泣いた。コロナ禍でもう何年も会っていない友だちや、一度会ったことがある程度の知り合いの人たちが本を買ってくれていたことにも驚いたし、何よりありがたかった。執筆活動を始めてから、様々な人たちと出会い、言葉を交わした。色んな顔が思い浮かぶ。この店で働き始めてから、面白いことばかりが身に起こった。なんだか一生ぶんの運を使い果たしたような気になって、たまにゾッとした。

九月二十一日、喫茶店の仕事の休憩中、担当編集の天野さんからダイレクトメッセージが届く。「売行き好調につき、重版決まりそうです!!!（部数をいま相談中）」思わず目を見開いた。「重版」という夢のような響きの言葉が現実に迫っている。驚きと喜びを隠せないまま、返信を打つ。「そうですか……もう決まったんですね。なんていうか、胸がいっぱいで何も言えないです」それが正直な気持ちだった。配本日よりもふわふわした気持ちで過ごし、店に戻る。しーちゃんが「おかえりぃ」とアイスコーヒーを飲んでいる。小さな声で「ねえ」と話しかける。「どした」「……本ってね、最初に何千部か刷って、売れてそれが少なくなったら、次にまた何千部か刷るのね、それを重版っていうんだけど」しーちゃんが目を見開く。「もしかして‼」察しのいい彼女は声を上げた。「重版決まりそうです！」わー！と、二人で手を取り合い、カウンターのなかで飛び跳ねる。営業中で仕込みもあったし皿も洗えていないけれど、いまわたしたちはそれどころではないのだ。「おめでとう」と「ありがとう」を繰り返し、何も知らないお客さんたちはきょとんとした顔でこっちを見ている。一人で書いた本ではなかったから、なおさらこの瞬間が貴かった。

「祝忽《たちま》ち一万部」というポップを、本の装丁を手がけた木庭貴信《こばたかのぶ》さんが作ってくださった。『常識のない喫茶店』に携わった人たちが、この本の未来を祝福してくれているのがよくわかって、幸せだった。発売から二週間、全国の書店の方たちの温かい応援がスマホの画面から伝わり、現場で力を入れて売ってくださる様子に感激しっぱなしだった。無名の作家の本を置いてもらえるだけでありがたいのに、面出しや平置きで展開されているところも、いくつかこの目で見た。

本が発売されてしばらくは感慨に耽《ふけ》っていたが、喫茶店のほうはその翌月には辞めようと決めていた。同僚やマスターに報告してからは、友だちや、よく来てくれていた人、関係者の方たちにメールを打ち、「最後に遊びに来てください」と誘っておいた。お客さんにはなんだか言いづらかった。お店でしか会わなかった人たちだから、わたしがこの店を辞めて、この場所から離れたら、もう二度と会えないような気がした。次来たら言おう、というのを何度も繰り返して、辞める二週間前くらいにやっと、もじもじしながら「あの……わたし今月で辞めちゃうんですよねえ」と小声で伝えた。それでも、辞めることを伝えたお客さんは片手で数えられるくらいの人数だった。あんな本を書いたわりにはドライである。

同僚や仲の良いお客さんとは、わたしの新生活についてもよく話した。パートナーと一緒に暮らしている人たちに「おならって我慢するの？」と聞いたら、「僕も彼女も平気でしてます」派もいれば、「絶対しない、我慢する」派もいた。人それぞれだなと思っていたら、「おならするときはトイレに行きます」と言っている人がいて爆笑した。新しい派閥である。そんな人がいるんだ、としばらく笑っていたら、聞いていたしーちゃんが「待って……トイレでおならするとき、パンツはおろすの⁉」と呟《つぶや》いていて、呼吸できないくらい笑った。彼女のエッセイがあったら読んでみたいと思うくらい、しーちゃんの視点は鋭い。

フカヤさんという、わたしと同い年か少し年上くらいの女性客がいて、かねてより素敵だなあと思っていた。いつも紅茶かロイヤルミルクティーを飲んで、ノートパソコンで何か仕事をしているか、原稿のようなものを読んでいる人だった。特別愛想がいいとか、気さくとか、そういう感じでもない、むしろクールな性格なのだが、スマートな佇《たたず》まいにぐっとくるものがあった。特に話しかけたりはしなかったけれど、ある日フカヤさんのつけていたマスクがいいなあと思い、「どこで買えますか？」と聞いたのをきっかけに、少し話すようになった。彼女は平日の昼に来ることが多かったので、「お仕事はリモートなんですか？」と勇気を出して聞くと、「出社は週に三回くらいなんですよね。出版社で編集やってます」と教えてくれた。いつも集中して仕事している様子だったので、話し込むことはなかったけれど、よく来てくれるようになってうれしかった。顔を合わせれば話すようになったところでわたしの退職が決まったので、残念だが辞めることを伝える。目を見張って「えー！　めっちゃ残念です」と言ってくれた。「フカヤさんは、なんだかいつも……素敵でしたよ」と言うと笑っていた。そうとしか言いようがないくらい、彼女が原稿を読むときの真剣な眼差しが、かっこよくて素敵だったのだ。出版社に勤めるフカヤさんと、いつか著者として会うことができたら幸せだと、ひそかに願っている。

同僚とは仲が良いが、自分の本が出ることを直接伝えた人は、実は何人かしかいない。シフトの関係で会えない人も多いし、言ったら気を遣わせて買わせてしまうのではと思うと言えなかった。もともと自分の活動はそこまで公にしていないので、読んでくれていたらうれしい、くらいにとどめている。そんななか、本が発売してからしばらく経ち、コロナ禍になって全然会っていない後輩からメッセージが届いた。開くと、後輩二人がそれぞれわたしの本を持って自撮りしている写真が添付されていた。本を出したことを知っているのにも驚いたし、わざわざ買ってくれたんだなあと温かい気持ちになった。

長く続けた仕事だったけれど、本を出してやっと区切りのようなものがついた。じゅうぶんすぎるほど濃い思い出ができた。一冊本を書いてしまうほどの、忘れがたい思い出が。もうそれだけで満足だった。それに自分自身、来年三十歳を迎えると思うと、新しい場所で新しい景色が見てみたいと願うようになった。この喫茶店を辞めて、この街を去る。新しい生活の準備をしながら、ここで過ごした年月のことを何度も考える。商店街の八百屋《やおや》も、通っていた居酒屋も、しょっちゅう本を買っていた書店も、アイスクリーム屋も、行きつけの花屋も、すべてが遠くなる。でも、寂しさを感じるよりも、楽しかった、好きだった、という美しい思い出で心が華やぐ。そんな出会いを果たせたのだと思うと、別れもつらくない。この街も人も、すべてがいまのわたしを形作ってくれたものだった。わたしは前に進んでいくのだ。

日記　二〇二一年八月－十月

八月二十八日　土曜日

七時半起床。今日も暑い。汗止めとして、制服を着る前にベビーパウダーをはたいているが、いまのわたしは力士のような香りなんだろうか。しかし、厨房《ちゅうぼう》はなりふりかまっていられないほど暑い。牛乳とヨーグルトを摂取して薬を飲み、家を出る。多動を抑えるための薬は、空《す》きっ腹に流し込むと強烈な胸焼けがしてつらい。だから、クッキー一枚でも胃に入れてから飲まないとだめなのだ。土曜日は納品が多いので、パズルゲームみたいに冷蔵庫や棚に収める。卵を八十個茹《ゆ》でて、サンドイッチのからしマヨを塗る。今日はモーニングが混んで、朝からパンも野菜もなくなった。コーヒーを白いスニーカーにこぼしてショック。このところ忙しすぎて休憩がいつも遅れる。休憩は近所なので家に帰る。トマトジュースを飲んで、インスタで友だちの投稿にリアクションする。午後も忙しく働き、夕方にまっすぐ帰宅。大家さんが飼っている猫のミヤが、わたしの姿が見えた途端にでっかい声で鳴いていた。身体も大きくて、高いところから地面に着地するときいつも「ドスン！」という音がする。すり寄って甘えてきたので撫《な》でてやる。制服のスカートに白い毛がたくさんくっついて、幸せの象徴のようだった。汗をかいたので、即シャワーを浴びて、オードリーのラジオを聴きながら夕飯を作る。鶏の照り焼きとほうれん草のおひたし、もやしの中華和《あ》えとサラダ。「淡麗グリーンラベル」の五百缶を飲みながら一時間くらいかけてゆっくり食べて、食後に部屋の片付けをした。次の月曜日の古紙回収に向けて本を処分しようと、クローゼットのなかを整理。むかし好きだった漫画を読み返したりした。ふと、近藤聡乃《あきの》『A子さんの恋人』が読みたくなって駅前の書店に向かう。時刻は夜の十一時だが、こんな時間まで営業しているありがたさ。選書もいい。『A子さん』は最新刊だけ持っていたので、既刊をすべて買って家で読んだ。漫画はあまり手元に置かないけれど、この漫画は一生ものな気がする。

九月二日　木曜日

十一時起床。九月になった途端に朝晩が涼しくなって、なんだかゲームの世界のようだ。着替えて財布を持って近所のパン屋へ行くが、何連敗かわからない休み。もう三ヶ月くらいここのパンを食べていない。わたしはおいしいものに対するセンサーが凄《すさ》まじいのか、「この店構えの感じは、おいしそうやな」と視覚だけで名店かどうかを判別できる。このパン屋もそうで、ある日「なんかいいな」と思ってパンを三つくらい買ったら大当たり。値段は東京のパン屋そのものだけど味が確かなので、ことあるごとに買っていたのだ。しょぼくれながら、ローソンで適当に朝食兼昼食を買う。ミルクのパン、おさつパン、ナッツ入りヨーグルト。家に帰りコーヒーと一緒に食べる。洗濯して、部屋の掃除をしてから二杯目のコーヒー。写真共有アプリを開き、姪《めい》っ子の写真が追加されているのを見る。髪が伸びて、初めて二つに結《ゆ》うことができたとコメントが書かれている。名前をフルネームで呼ぶと、「はーい」と手を上げて返事をする動画もあった。明日で一歳一ヶ月。子どもの成長は早い。机に向かい原稿を書く。遅めの夏バテか、疲れていてほとんど進まない。この仕事は、文章を打つのよりも、考えている時間のほうが遥かに長い。脳を休めたいと思いつつも、迫る締め切りに焦っている。夕方、家のインターホンが鳴る。顔なじみの運送会社の人が荷物を持ってきてくれた。柏書房の天野さんからだ。なかを開けると、『常識のない喫茶店』が十冊。手紙も入っていた。一冊取り出してよく眺める。とうとう現物がきた。今日はまだ読む気にはならず、写真を撮ってツイッターに投稿した。「自信があるので、読んでください」と書いてみた。自信を持つことより謙虚でいることが美徳とされがちだけど、でも、最高のものを作ったと思った。

九月十八日　土曜日

七時半起床。夜中暑かったのか、掛け布団を蹴散《けち》らしていた。ゴミを出して、出勤して、一人で開店準備をした。最近店に置いてある新聞を、各社合わせて十部くらいとっていたのを減らしたのだが（それでも数部はある）、減ったことに文句を言うお客さんがいて随分浅ましいなと思った。「いや、あくまでサービスなんで」と答えておいた。あと、たまたま机のうえの砂糖がなくてブチ切れているおじいさんがいて、客がキレたらキレるほど、店員であるうちらは白《しら》けてしまう。「普通に砂糖くれって言えばいいのに」とうんざりした。土日は忙しいので、もうずっと満席。喫茶店とは本来ゆっくり過ごす場所なのに、それどころじゃない雰囲気だ。午後、わたしの好きな漫画家さんが打ち合わせしていた。アイスココアを飲んでいて、かわいいと思う。夕方まで混み続けて、バタバタと退勤した。マスターに辞めることを報告しようと思ったけど、今日は忙しそうだったし、なんだか言えなかった。来週には必ず言わなければ。着替えて近所のサイゼリヤに行って夕飯を食べた。一人で行ったけれど、サイゼは何人かで色んなものをちょっとずつ食べるのがいいなと思った。新潮十月号の乗代雄介《のりしろゆうすけ》『皆のあらばしり』を読み始める。混んできたので、出てから商店街でマスクを買って帰った。本の感想が天野さんのリツイートで流れてくるのを見て、「この本笑えるのか、よかったな」と思った。

九月二十九日　水曜日

七時半起床。タイツを穿《は》こうか靴下でいいか悩んだ。とはいえ悩むのがそれくらいなので、制服って楽だなと思う。出勤して、最近入ったまゆちゃんという女の子と働く。彼女は物怖《ものお》じしない性格なので、忙しくても顔色ひとつ変えずにグラスを洗っている。常連のおばあさんがまゆちゃんに「あんた！　コーヒーにミルクいれて！

もっと！」と指図《さしず》していたとき（本来は自分で注ぐものなのに）、戻ってきた彼女はぼそっと「生意気ですねえ」と言っていた。それ以上でも以下でもないといった風情だった。何を言われても笑顔で受け流すより、このくらい正直なほうがなんだか見ていて安心する。休憩中は橋本倫史《ともふみ》『東京の古本屋』を読む。よく聞く名前の古本屋がたくさん出てきて面白く、新刊書店と比べると、同じ本でも全く違う世界だなと思う。午後、スパゲッティの麺を三回茹でる。字面だけ見るとなんてことないが、同じ店で働いている人からすれば見るだけで疲れる業務だ。「こんなの女の子の仕事じゃないよね～」と言いながら、みんなたくましく、麺をアルデンテに茹でる。退勤して、着替えて、神谷町《かみやちょう》へ。今日は人生初のラジオ収録だ。行ったことのない場所で、電車の乗り換えに失敗して、時間に少し遅れて汗がどっと出た。担当編集の天野さんとお蕎《そ》麦《ば》を食べて、刊行後はどうですか？　と聞かれる。店を辞めることを伝えるとびっくりしていた。確かに、あの本の終わり方だと、これからまだ何年か働きそうな感じだったけれど、校了したあたりで決意はしていたのだ。色々と今後の話をして、収録へ。パーソナリティーの方がものすごくフランクで、「僕も若い頃ウエイターの仕事やってたんですけど、すぐ嫌になっちゃって」と話していた。「本に何度も、おじさんに見られるのが嫌って書いてあって、僕はおじさんだから傷つきましたよ」と言われた。一瞬本気の切り返しをしそうになる。「綺麗な花を見てる感じ」とも言われて「そうですかー」と笑って流した。これは少し難しい。十時半頃帰宅して、筋トレして寝た。

十月二十二日　金曜日

眠くて朝なかなか起きられない。少し肌寒いせいもあると思う。半分寝ながら開店作業をして、アメリカンを飲んでスイッチを入れる。モーニングが暇だったので、後輩の横井ちゃんと二人でゆで卵の殻を剝《む》き続けた。途中、異臭がするお客さんが来て、その人の近くに座った他のお客さんが全員移動したり帰ったりしてしまった。ここまでくると、さすがに放置できない。「どうする？」と相談すると、横井ちゃんが「ちょっと……においが……他のお客さんが言ってて……」と伝えてくれた。緊張感がありすぎる瞬間だったが、言われたお客さんは「……俺が？」と聞き返していた。わりと素直だったので、「ごめんな」と去っていき、余計に切ない感じだった（ただ、明らかに服などの身につけているものを洗っていないにおいだったので、お店に来るときはなるべく清潔にしておいてほしい)。金曜日らしい忙しさで、午後はあっという間だった。今日はわたしと入れ替わりに入る新人の女の子を教えていたが、教えることが多すぎて、これは大変だろうなあと心配になった。退勤してから、紅茶を飲んでみんなとおしゃべり。常連のおじいさんが他のお客さんを睨《にら》んでいて、なんだろうと思ったら、その人が読んでいたスポーツ新聞が読みたかったらしく、テーブルに置いた瞬間に新聞を奪って自分の席に持って行った。同僚みんなその光景を見ていたので、「余裕なさすぎるでしょ……」とげんなりした。帰宅して夕飯を済ませ、狩野英《かのえい》孝《こう》のゲーム実況を見て笑った。ここ最近の一番の楽しみ。

十月二十四日　日曜日

十一時起床。部屋が遮光カーテンなので、閉めているといつまでも寝てしまう。窓を開けると良い天気。秋は花粉の心配もないし気候もいい。大家さんの猫が鳴いている声がする。気分屋だけど甘えん坊なので、誰かに構ってほしいのだ。着替えてサンダルを履いて下に行き、撫でる。抱っこして「重たいね、でっかちゃんだね」と話しかける。ひとしきり撫でたら満足したのか家に帰っていった。白湯《さゆ》を飲み、食パンを焼いて食べた。コーヒーの粉とか、ジャムとかめんつゆとか砂糖とか、引っ越しまでに使い切れる気がしない。まだ一ヶ月以上あるとはいえ、そろそろ考えて使わないといけない。洗濯物を干していると、隣の家の犬が外に出ているのが見えた。ずっと気になっていたけれど、この犬、あんまり大切にされていない。毛のほとんどが抜けていてピンクの地肌が見えて痛々しい。基本的には室内にいるようだが、早朝や深夜に無駄吠《ぼ》えをしては外に出されている。真冬も真夏も外にいることがあって、かなり気になる。下におりてこっそり犬の写真を撮る。パピヨンだが、顔以外の毛がまだらに抜けている。虐待なんじゃないか、と思う。通報したらいいのだろうか。でも、違うかもしれない。自分のことさえままならないのにわたしは、自分の周りの歪《ゆが》みが気になって仕方ない。着替えて支度をして、隣町へ。喫茶店で本を読む。江戸川乱歩『黒《くろ》蜥蜴《とかげ》』は近所の古本屋の百円均一で買った。すこぶる面白く、二時間くらい集中して読んだ。夕方になり、「ウコンの力」を一気飲みして居酒屋へ。喫茶店のメンバー四人でごはん。行きつけで何を食べてもおいしいので、みんな行くのをいつも楽しみにしている。刺し盛り、まいたけバター、肉じゃが、からあげ、焼き鳥の盛り合わせ。ビールを飲み、レモンサワーに移行して、みんなでニコニコしていた。よく食べよく飲んだ。九時半頃解散して、わたしはそのままパートナーの家に帰ることにした。乗り換えの駅のホームで熱いミルクティーを飲んで、夜の涼しさを味わった。

十月二十六日　火曜日

七時起床。喫茶店で働くのも、とうとう最終週になった。出勤すると、しーちゃんも「マリちゃんと働くのこれが最後だなあ」と言っていた。開店準備をしながら「ちょっと聞いてよ」とおしゃべりする時間が好きだった。お客さんも他の同僚もいない時間なので、いつも色んなことを話した。「ね、記念に写真撮ろう」と自撮りしたしーちゃんが、撮った写真を見て「え⁉ うちらかわいい‼」と呟いていて爆笑した。来年三十歳になる二人とは思えない一コマだった。「今日は混まないでほしいよ」と勤労意欲に欠ける台詞を唱えていたら、窓の外からの視線を感じた。かつての同僚、はんちゃんがいた。わたしの卒業に駆けつけてくれたのだ。連載の書籍化が決まったときも、彼女は花束を持って会いに来てくれた。開店してしばらくはわたしたち三人しかいなかったので、「最近どう？」みたいな話をして過ごす。全員激動の日々を過ごしていたので話は尽きず、「まあまた遊ぼうよ」と誓った。午後、卒業した茉希《まき》さんも遊びに来てくれた。一緒に働いていた頃がもうすでに懐かしく、「実感ないよー」と言った。退勤してから電車である書店へ行き、フェアを覗いてきた。お世話になった編集さんと話してから本を四冊購入して、お気に入りの喫茶店で読んだ。ココアを初めて頼んだけれど、牛乳で溶《と》いてあるココアでうれしい。木村紅美《くみ》『あなたに安全な人』を読み進め、半分ほど読んだら閉店時間だったので帰った。夜の八時閉店はさみしい。

十月二十九日　金曜日

七時半に目覚める。昨日から泊まりに来ていたパートナーもアラームの音で起こしてしまった。「じゃあ行ってくるね」と一人家を出て、歩き出して振り返るとベランダから手を振っている。モーニングは平和に過ぎ、休憩中に家に帰ったら、「まだあと一日あるけど、お疲れ様」と花束をもらった。「いっぱいもらいそうだけど」と言っていたが、わたしが好きな花が揃っていてうれしかった。付き合うことになった日も、働いているときに店に来て、そのあと白いトルコキキョウをくれたのだ。今日の花束にも白いトルコキキョウが入っていて、甘くて胸がぎゅっとなる。午後は担当編集の天野さん、書き手仲間、卒業した先輩が来てくれた。忙しいだろうに、時間を作って会いに来てくれたことがうれしかった。みんなと写真を撮って、最後を楽しんだ。パートナーが今日は二回来てくれて、退勤後お茶して過ごした。帰り際、しーちゃんが彼に「マリちゃんのことよろしくお願いします」と頭を下げていて、視界が滲《にじ》んだ。「まーちゃんがみんなに大切にされてるところを見れてよかったよ」とパートナーが言っていた。

卒業

夢を見た。

「いちごジュース3、アイスミルクティー2、アイスオレ1」

言われるがままにどんどん作って、次のオーダーを捌《さば》く。ガムシロップを補充して、氷を砕き、グラスを洗う。店内は満席で、オーダーも溜まっている。今日も忙しい、あと何時間だろう？　と思っているところで目が覚めた。起きてからしばらくぼーっとして、そうだ、もう辞めたんだったと気づいた。店を辞めて半月ほど経ったのに、昨日まで働いていたような気分だ。


今年の夏、ぼんやり考え事をしていた。世間はコロナ禍で、日に日に増えゆく感染者数を目の当たりにしながら、一年後、五年後にはどんな世界になっているだろう？と考えるようになった。自分は、どんな仕事をして、誰と一緒にいるだろうか。どうしていたいだろうか。いまの自分の年齢や、将来のことを考えたとき、自ずと結論は出た。変わらないのは楽だけど、きっともっと成長できる場所があるはずだ。そしてやっと「引っ越そう」と決めて、店を辞めることにした。新しい生活に、思いを馳《は》せた。

店を辞めるにあたってネガティブな気持ちはなかった。嫌なこともたくさんあったけれど、それを乗り越えたからこそ、穏やかな毎日を手に入れることができた。楽しく働き、気づけば五年目。居心地がよすぎて、いつのまにか辞めるタイミングを失っていたのも事実だ。しかし、そんな日々を送っていたら運良く『常識のない喫茶店』という本を出すことができた。この本がターニングポイントになったというか、むしろ、『常識のない喫茶店』を書いてから区切りのようなものを感じて、「やりきった」と思えたのだ。なんとなくつらい、息がしづらい二十代だった。でも、この本のどこを読んでも、弱くて自信のないわたしはどこにもいない。わたしはもう、大丈夫になったのだ。

辞めると決めてから、まずは一番親しい同僚であるしーちゃんに報告した。「そっかー、マリちゃんは自分の人生を進めるんだね」と言われて、寂しさが込み上げた。一緒に働いて、毎日とっても楽しかった。同い年の彼女とはよく将来の話をしていたから、自分の決意を打ち明けるのは少し緊張したけれど、「最後までよろしくね」と言ってもらえた。辞めた先輩たち、茉希さんやえいこさんにも報告して、新たな門出《かどで》を祝福してもらった。二人とも「辞めるって言い出せなかった！」と言っていた。

十月いっぱいで辞めようと思っていたが、そのとき九月の下旬。いつまでに言うべきか思い悩んでいた。いざ、辞めることをマスターに報告したとき、とても緊張した。今日言おう、今日言おう、と思ってもなかなか切り出せず、九月の最後の週にやっと「お話があるのですが」と辞めることを伝えた。いつもそうだが、マスターは辞める人のことを特に引き留めない。わたしも、拍子抜けするほどあっさりと「わかりました」と言われた。それが気楽で、少し寂しく思う。「何年やってくれた？」と聞かれて「いま五年目なので、四年とちょっとですね」と言った。「もうそんなになるんだねえ」と遠い目をしていた。長いあいだ働いていたのだ、その仕事をいま手放そうとしているのだ、と考えると思いとどまりそうになる。しかし、前に進まなければ。辞めることを伝えてからは肩の力が抜けた。

十月に入り、同僚や仲の良い常連さんに辞めることを報告していく。「めっちゃショックです」と言ってくれる人もいれば、「お年頃だもんね」と理解してくれる人もいた。同僚には店に来れば会えるけれど、お客さんとはそうそう会えないので、寂しいと思った。名前を覚えてくれて、他愛もない話をしたり、相談事にのってもらったりした。店で会って話をするだけの関係の人にも、わたしはずいぶん救われてきたのだろう。そう思うと同時に、わたしは誰かのことを救えただろうか、とも考えた。

辞めるまで一週間を切った。次々と、友人や知人が遊びに来てくれる。店にいればいつも誰かが来てくれて、よくカウンターで話し込んだ。お茶を飲みながらなんてことない話をするだけで、いつも気持ちが和《やわ》らいでいた。ここには楽しい思い出がたくさんある。最後だからと記念写真を撮ってもらって、いよいよ終わるのだ、と思った。

最後の日は土曜日だった。よく晴れた、気持ちいい日だったのを覚えている。着なれた制服を着て、髪を結っているときに「これで本当に最後なんだなあ」としみじみ思った。働き始めた頃は朝が苦手だったけれど、これまでの生活リズムを変えたくて早番にしてもらった。連載を持っていた頃は、集中できるからと、朝早く店に来て原稿を書いていた。奥の窓際の席が特等席。朝日が窓から差し込んで、砂糖入れが光っているのを見るのが好きだった。誰もいないしんとした店内で、無数の花やランプを見てうっとりしていたのも思い出だ。最後の日も、誰もいない店内をぐるっと見回した。いつもと同じように開店準備をして、開けた瞬間にお客さんが入ってきた。

とにかく午前中から忙しかった。友人や同僚含めたお客さんがたくさん来て、モーニングも軽食もたくさん出た。やがて洗い物まで手が回らないほど忙しくなって、みんなに「ちょっと待ってくださいね」と待ってもらう。誰もせかせかせず、のんびり待ってくれるのもこの店のいいところだと思う。混んでいたが、遠くの席にいた母親くらいの歳の常連さんに「いままでありがとうございました」と挨拶すると、お菓子とお手紙をもらった。「いつも声をかけてくださって、癒やされてたんです」と言われて、この人はいつもやさしかったなあと思った。昼前になってどんどん混んできて、席も満席が続き、外まで並ぶようになった。わたしと入れ替わりで採用された新人さんが、ホールでてんやわんやになっている。厨房もしっちゃかめっちゃかで、オーダーも何がいくつ入っているかもわからないほど忙しくなった。とにかく意味がわからないくらい混んだ。いつも土日は忙しいが、経験したなかでもトップレベルの忙しさで、目が回りそうだった。喫茶店にしてはものすごい混み方をしていて、ちょっと笑ってしまう。

午後からマスターも参戦して、通常三人で回すところを無理矢理五人でやっていたのだが、それでも間に合わないくらいオーダーと洗い物は溜まる。忙しすぎて在庫が追いつかず、冷蔵庫のなかはすっからかんで、サンドイッチのパンもなければ卵サラダもない。レタスも洗えていないし、スパゲッティの麺も茹でられない。大ピンチだった。みんなであわあわしていたら、今度はマスターが「眼鏡がない！」と騒ぎ出したので「なんで？」と笑ってしまった。忙しすぎて疲れていたし、大変ではあったけれど、みんな笑っていて楽しかった。そうだった、いつも「大変」より「楽しい」が勝っていたから続けてこられたのだ。そう思うと、ふと涙が出そうになるのをこらえ、ひたすら軽食や飲み物を作った。スパゲッティを炒め、ゆで卵の殻をむいて、コーヒーをたてて、レモンを切って、お湯を沸かして、そうやって時間は過ぎていった。

退勤時間になった瞬間、同僚とカウンターにいたお客さんたちが「お疲れ様でした」と拍手をしてくれた。「楽しかったでーす」と言ったが、うれしさと照れくささとで、どんな顔をしていいかわからなかった。最後にカウンターでコーヒーを飲んで、名残惜《なごり》しくならないうちに「じゃあまた！」と店を出る。歩き出したとき、見送ってくれたしーちゃんが「大好きだよ！」と叫んだ。驚いて振り返るとにっこり笑っている。わたしは彼女のてらいのなさが、心底羨《うらや》ましかった。素直でやさしい彼女が大好きで、つらいときも一緒に頑張ってきた。しーちゃんは、いつのまにか親友になっていた。

辞めてから半月ほど経ち、新生活に向けて準備をしている。だいたい朝七時半に目が覚めるあたり、まだまだ身体は覚えているのだなあと感じる。これから、新しい街で新しい生活を送って、たくさん思い出を作っていくだろう。でも、きっと何年経っても、『常識のない喫茶店』で働いた日々は色あせることなく、わたしの心のなかで生き続けるだろう。この店で働き、大好きな人々と出会って、自分を好きになった。これからは一人のお客さんとして、ファンとして、店を応援するのみだ。変わらず、わたしの一番であってほしい。美しい花々、煌《きら》めくランプ、夢のなかのような空間。ずっと続くと信じている。

II

新しい生活

日記　二〇二一年十一月－十二月

十一月六日　土曜日

八時半起床。窓を開けてまた布団に戻る。これまでだったら土曜日は、今頃忙しく働いているんだったなあ、と思う。結局起きたのは十時前で、コーヒーを飲んでマフィンをひとつ食べた。喫茶店を退職するときにお菓子をたくさんいただいて、全部を賞味期限内に食べきるのが難しそうという、贅沢な悩みができた。洗濯機のスイッチを入れて、二杯目のコーヒーを飲みながらメールの返信をする。部屋を片付けてから、マニキュアを塗り直した。もう古くなっているマニキュアを、捨てるつもりでよけておく。化粧品もマニキュアも、捨て時がわからなくなる。洗濯物を干して、身支度するともう昼過ぎだった。はす向かいの家の人が、朝早くに干したであろう洗濯物を取り込んでいるのを見て、彼らと自分に同じ時間が流れていることを不思議に感じた。友だちの葉子《ようこ》ちゃんは、朝四時に起きる生活をしていたっけ。そんなに早く起きたら、一日はとんでもなく長くて、家事もちゃんとできるんだろうなあ、と思った。

今日は幕張《まくはり》の本屋 lighthouse に十一月に刊行した『まばゆい』のサイン本を作りに行く日。夜はわかしょ文庫さんのトークイベントがあるので、観覧してから帰るつもりだ。しかし本音を言えば、サイン本というのは気恥ずかしい。書くことが特にないまあでも、せっかく声をかけてもらったし、と行くことにしたのだが。行きしなに百貨店に寄って手土産を買う。土曜日で混んでいたが、めぼしいものを買えたので、幕張へ向かう。lighthouse の店主、関口さんにラインで「そろそろ行きますね〜」と伝える。訪れるのは二回目だが、最寄り駅はどこだったっけ、と毎回わからなくなる。電車に揺られ、途中少し寝ながら、駅に着いてしまえばお店までの道は思い出した。

見本ができあがってから、初めて現物を見せていただいたのだが、装丁が素敵だな、と思った。帯が透けているのもいい。関口さんに「自由に読んでください」と言ってもらえたけれど、読み返すのはもっとあとでいいかもしれないと思って、友だちの品子《しなこ》が撮ってくれた写真のページだけ見た。光と緑が美しく、やさしい眼差しの写真だった。品子には世界がこんなふうに見えているんだなと思うと、羨ましいような気になった。お店の奥の部屋で、サイン本を二百冊ほど作る。全然疲れないし、一瞬で終わった。夕方にわかしょ文庫さんが来て、ご挨拶する。トークイベントでは「代わりに読む人」の友田とんさんとわかしょ文庫さんが二人で話していて、信頼関係が厚い様子がよくわかった。お店に長くいたので、イベントが終わってからすぐに帰った。

十一月十一日　木曜日

昨日はパートナーと遊んでいて、お酒を飲んで遅くなったので彼の家に泊まった。わたしのお気に入りの居酒屋で飲んだので、終始調子よかった。夜中二時頃寝て、十一時頃起きる。昼過ぎまでのんびりして、夕方わたしは自分の住む街へ。今日はしーちゃんと、しーちゃんのパートナーと三人で飲む約束をしていたのだ。魚介がおいしい、近所で評判の居酒屋へ。喫茶店のメンバーで飲むときも、だいたいここだった。瓶ビールで乾杯して、食べ物をこれでもかと注文した。「おまかせサラダ」というサラダが、ハムやら海苔やら紅ショウガやら入っているニュータイプのもので、これがたいそうおいしかった。刺身、鶏のからあげ、シュウマイなどなど、食べながらずっと食べ物の話をしているのも笑えた。「目玉焼きには何をかけますか〜？」と問われたので、「ウスターソース！」と即答。そんなこんなでわいわいしていたら、急に二人がラブラブな感じになって、「ひゃあ」と言って笑ったら、わたしはそのまま椅子から落ちて床に転がってしまった。これは、酔っ払っていたわけではなく、ただ単純にひっくり返っただけなので、自分でもびっくりした。腰を強打したが、その場では恥が勝ったのでそんなに痛くなかった。たくさん飲んで食べて、十一時頃帰った。

十一月十四日　日曜日

八時半に起きて、白湯《さゆ》を飲む。先日打った腰が痛くて、くしゃみするたびにじんじんする。これは治るまでしばらくかかりそうだ。起き上がり、裸足《はだし》が冷たくて「うー寒」と声が出た。黒いワンピースに着替えて、身支度をして家を出る。今日は同人誌として出している日記集の相方、伊藤さんの家に遊びに行く。近所のケーキ屋でケーキを三つ選ぶ。フルーツタルトと、ショートケーキとチョコレートケーキ。ピースが大きくて、食べるのが楽しみだな〜と思った。電車を乗り継ぎ、一時間と少しで最寄り駅に着く。初めて訪れる街だった。駅まで伊藤さんに迎えに来てもらって、話しながら歩く。会うのは久しぶりだった。ちょこちょこ、オンライン飲みはしているのだが、小さい子どももいるし、なかなか会えるわけではない。色々話しながら、おうちにお邪魔する。妻のゆかりさんにも久しぶりに会えてうれしい。二人のお子さんにも初対面《はつ》。目が合った瞬間に泣かれて、ですよね〜、という感じ。姪っ子とほぼ同時期に生まれているので、いつもお互いの成長具合は報告し合っている。用意してくれた昼食をとりながら、仕事や文学フリマの話など。伊藤さんとゆかりさんには、私的なこともかなり正直に話している。やさしい親戚みたいな存在だと思う。お子さんも次第にわたしに慣れ、おもちゃを「どうぞ」してくれたりと、ゆるく時間が過ぎていく。

ケーキを食べたあと、二人から、コースターとトレイのプレゼントをいただきうれしかった。夕方になる前にお暇《いとま》して、伊藤さんに駅まで送ってもらう。暗くなるのが早くて、この寂しい感じは秋が深まっているな、と思った。まっすぐ家に帰り、冷凍庫にあった味付きカルビでチャーハンを作って食べる。そういえば先週わくわくしながら買った牛肉を、買ったことを忘れてエコバッグに放置してしまって、気づいたのが二日後。腐らせてしまった。この、冷蔵・冷凍しなければいけない食品を何故か放置する、という事件がたまにあり、まあ自分が損するだけだが、毎度ヒヤッとする。これはパートナーに言うと怒られる気がするので、伊藤さんにラインして成仏させた。

十一月十六日　火曜日

朝起きて、布団のなかで姪っ子の最新動画を見ていたら、積み木がかなり高いところまで積めるようになっていた。「この前まで寝っ転がって泣いてただけじゃん！」と思っていただけに、成長の早さに驚く。しかも、ひとつ積むたびにカメラ目線で拍手している……。叔母バカだが、かわいすぎる。白湯を飲み、身支度して出かける。今日は友人の北村早樹子《さきこ》さんとランチ。喫茶友達なので、定期的に二人でお茶している。にんにくが効いたナポリタンを食べ、（北村さんが常連なので）サービスのケーキをいただいた。喫茶店を辞めた話や、これからのことを話して、話し足りずもう一軒はしごした。彼女は俳優、音楽、文筆とマルチに活動されているので、いつも話を聞くのが楽しみ。喫茶店でこんな話していいの⁉　という、ドキドキハラハラな脳内麻薬体験……。いい時間になったので解散して、帰宅して先日のアートブックフェアで購入した、植本一子《いちこ》さんの『ある日突然、目が覚めて』を読む。自費出版で日記集を出されているのだが、文章はもちろん、本の佇まいも最高だなあと惚《ほ》れ惚れ。欲望に忠実すぎて一気読みした。「同じ一日なんてどこにもないから」という一文に、はっとした。

十一月十九日　金曜日

昼前に目覚めて、身体がばきばきでしんどい。たくさん寝ても回復しないとき、大人になったんだなあ、と思う。食パンを焼いてコーヒーで流し込み、毛布をかけて横になる。こういう気分が塞いでいるときって、ひたすらSNSを見ていたりして、怠《たい》惰《だ》に拍車がかかる。しかしそれは精神衛生上よくないので、ゆっくり動き出し、冬の洋服やタイツなどを買いに出かける。駅前で弾き語りしている人がスピッツの『楓《かえで》』を歌っていて、立ち止まってしばらく聴いた。改めていい曲だなあ。荷物が多かったので一度家に帰り、神保町《じんぼうちょう》へ。ココアが飲みたくなってラドリオに立ち寄る。空いていて快適だった。ココアとブルーベリーのケーキを注文して、イ・ランの『話し足りなかった日』を読む。三分の一ほど読んでから、ふと思い立ち整体の予約を入れた。大久保の雑居ビルの一室で施術してもらう。担当してくれたのは（おそらく）中国人のおばちゃんで、最初は「痛い？」くらいしか聞いてこなかったのに、三十分くらい経ってから突然「学生？」「彼氏いる？」と聞いてきたのが、なんか笑えた。

夜の十一時くらいに帰宅して、さっとシャワーを浴びて寝る。寝る一時間前には部屋の電気を暗くしているのだが、花瓶の花が影を落としているのが素敵で写真を撮った。自分の部屋は、寝る前のこのランプを灯《とも》している風景が好きだ。オレンジ色に包まれた空間が、ただ自分の心を鎮めてくれる。

十一月二十八日　日曜日

夢見が悪く、早朝に目覚める。再び寝ようとするも眠れず、七時までぼんやり起きていた。しかし、身体がかなり疲れやすいので寝ておかないとつらいと思い、睡眠導入剤を半分に割って飲んだ。それでもなかなか眠気がこず、冷凍ごはんをチンして納豆をかけて食べて、歯を磨いて布団に入る。そこまでできるなら起きたらいいのにと思われそうだが、とにかく身体を休めたい気持ちが勝つのだ。一瞬で眠り、再び起きたのが正午過ぎで、熱い紅茶を飲んだ。洗濯、掃除をしてユーチューブで犬の動画を見る。でかい犬と暮らす野望は、まだまだ捨てられずにいる。でも都内では無理そう。インスタも犬、猫、赤ちゃんがおすすめに出てくるので漫然と見る。着替えて化粧して、読みかけの本を三冊持って、隣町の喫茶店に行く。とても静かなので読書に集中できていいところなのだ。長嶋有《ゆう》『ルーティーンズ』を読み切る。滝口悠生《ゆうしょう》『茄子《なす》の輝き』も読み進め、文学フリマで買ったこだまさんと編集者の高石さんの『こもれび』も読む。あっというまに時間が過ぎ、すでに夜になっていたので自宅に戻る。

今日は喫茶店の送別会をやってもらうことになっていて、閉店後の店内を使って開催するので夜の十時に集合した。マスターは何故かいつも、缶のお酒ではなくビールの大瓶を買ってきてくれるので、おこだわりを感じる。わたしより先に辞めた茉希さんも来てくれてうれしい限り。みんなでビールで乾杯して（黒ラベルをおねだりした）、店内のお好きな席に座ってお寿司やからあげを食べた。わたしは寿司ネタで苦手なものが多く、いつもはしーちゃんや茉希さんがそれらを食べてくれる代わりにわたしの好きなネタと交換してくれるのだけど、しーちゃんにいくらをあげて、「えんがわもらっていい?」と聞いたら「ごめん……それだけはダメ!!」と断られて爆笑だった。みんなでおしゃべりしているなか、マスターが厨房でフライパンを振り、おつまみを即興で作ってくれた。もやしと小松菜と油揚げとハムとベーコンと魚肉ソーセージが入った、見たことのないパワー系の料理でおいしかった。ただ、炊き出しみたいな量を作っていたので、必死に食べるしかなかったのもなんだか懐かしい。日付が変わった頃に解散。後輩のあいちゃん、余った料理を「タッパーに入れて持ち帰っていいですか?」と聞いていて、やさしい子だなと思った。シャワーして寝る準備ができたのが二時半頃、パートナーと電話して「送別会、何人来たの?」という問いに「十七人くらい」と答えると「すご! まーちゃん、愛されてるねえ」と驚いていた。言われてみれば確かに、といまさら気づいて、すごく身体があたたかくなった。

十二月一日　水曜日

すっかり朝晩が寒く、毛布と布団をかけてぬくぬくと眠っている。早朝に起きても暗いので、日が短くなったのを実感する。十時に起きて、サンドイッチを食べた。朝は何時に起きても、パンが食べたい。半分飲んだコーヒーに牛乳を足して、図書館で借りていたよしもとばななのエッセイを読み終わる。会社を辞めようか迷っていた頃、ずっとよしもとばななの小説を読んでいたのを思い出す。完全に忘れることはできなかったけれど、日常のしんどさを遠ざけてくれたのはやっぱり本だった。

午後、パートナーの家へ。自営業でネット専売の古本屋を営む彼が商品を送るのに郵便局へ行くというので、わたしは隣町まで散歩。本屋をぶらついていたら、自分の本が平積みされているのを発見。『「育ちがいい人」だけが知っていること』という話題の本の隣で、笑ってしまった。イ・スラ『日刊イ・スラ』と、井上荒野《あれの》『あちらにいる鬼』を購入。お気に入りの喫茶店で生クリーム入りのカフェオレを注文して、買った本を読んだ。この喫茶店、いつもお菓子をサービスしてくれるやさしいお店なのだが、お皿のうえにチョコ系のお菓子、ホームパイ、おかきと、甘いのとしょっぱいのがバランス良く配置されている。夕方頃家に戻り、鍋を作って食べた。食べながら、「両親に本出したこと言ったよ」とパートナーに伝えると、「え？　詳しく聞かせて」と、彼はテレビの電源を切った。「本出したこと、両親に教えてあげな」とずっと言っていたのはパートナーだった。経緯を話し、そのときのことを思い出すとふと涙が出そうで、お椀のなかの豆腐がうまく掬《すく》えなかった。声がうわずっていたからわかったかもしれない。寝る間際に布団のなかで、「お父さんとお母さん、よろこんでたでしょ？」と言われ、うん、ありがとう、とやっとお礼を言えた。

十二月十一日　土曜日

九時起床。起きてから布団のなかでラインする。気になっていた演劇があって、その関係者である友だちにチケットの有無を聞いて、支度して出かけた。開演時刻ぎりぎりに着いて、空いていた端っこの席に座る。マームとジプシー『BEACH CYCLE DELAY』、登場人物のあいだで交差、錯綜《さくそう》する記憶が美しく再生されていた。役者さんの声が響くたび、心のやわらかいところを素手でぎゅっと摑まれるようだった。終演後、友だちに挨拶してからルミネを見て、買い物した。来週長兄の家に行くので、今年生まれた姪っ子にあげるプレゼントを購入。生まれたときにすでに送っているけど、見ていたら買いたくなってしまった。

友だちが働いている喫茶店で休憩して、紀伊國屋書店で本を見てから最寄り駅へ。すっかり夜になっていたので、居酒屋で一杯やっていくことにした。トマトサラダ、刺し盛り、茄子の味噌炒め、肉豆腐など。中瓶二本、ホッピーを飲んで店員のおばちゃんとおしゃべりした。注文がないときは店員さんが客席に座っていて、ゆるくて好きだった。なかなか来られなくなるので、飲み納め。ほろ酔いになって、少し散歩して帰った。冷たい夜風に寺尾紗穂《さほ》の歌が沁みた。

十二月十四日　火曜日

八時半起床。雨が降っている。着替えて、勤めていた喫茶店へ行って朝食をとる。「引っ越し明日でしょ？　準備どう？」としーちゃんに聞かれて、「まだ終わってないよ」とにやにやする。優雅にバタートーストを食べて、おしゃべりしてから帰宅した。それからは、段ボールを組み立ててひたすら荷物を詰めていく。本や服はほとんど入れたので、食器や日用品をまとめて詰め込む。引き出しのなかを整理していると、かかりつけの精神科で出された強い安定剤を見つけた。「死にたくなるほどつらくなったら、これを飲んで寝てください」と処方された小さい錠剤は、この部屋で異様なまでの存在感を放っていた。直径二ミリほどの薬に握られている命かと思うと、情けなさに脱力する。人間は脆《もろ》い。錠剤シートの穴は、わたしが打ちひしがれてきた数だった。でも、毎日飲む薬の種類と数が減って、余らせるようになった頃には、エッセイを何本も世に出していた。きっとそんなふうに、人生は進んでいくのだろう。安定剤を摑んでゴミ袋に放り、そのためらいのなさに笑ってしまいそうになった。

休み休み進めて、気づけば夕方になっていた。お世話になっていた花屋さんに挨拶に行くと、餞別《せんべつ》をいただいた。「またこっちに来たら遊びにおいでね」と言ってもらい、あとにする。もうこのあたりにはあんまり来られないからと、好きなアイスクリーム屋で二種類盛ってあるのを食べた。真冬のアイスクリームもいい。帰って夕飯を簡単に食べて、カモミールティーを二杯飲んだ。ベランダの窓を開けたら、植物の青い匂いと、ふたつ隣の部屋の人が煙草《たばこ》を吸っている匂いがした。しばらくその匂いを嗅《か》いで、小さな音で音楽を聴いた。

長いお休み

猫の鳴き声で起きて、遮光カーテンを開ける。眼鏡を探し、絡まった充電ケーブルを手繰りよせて、スマホを手に取った。待ち受けの姪っ子はにやっと笑っている。朝の十一時過ぎ。長い長い休みが始まった。

普段原稿を書いている机は、もらった花束を生けた花瓶でいっぱいになった。水を替えて、ユーカリの香りを吸い込む。お湯を沸かしてコーヒーを淹れて、たくさんいただいたお菓子を眺める。甘いものが好きなわたしは、とにかく食べきれないほどのお菓子をもらった。わたしがよく通っていた喫茶店のケーキを買ってきてくれた後輩もいた。みんなの心遣いがただただうれしかった。レモンのマドレーヌを一口食べて、もらった手紙を読む。一緒に働いて楽しかったこと、元気をもらっていたこと、友だちになれてよかったということ。文章の最後に書かれた「これからもよろしくね」という言葉に目を細める。手紙をまとめて、大事なものを入れてある引き出しに仕舞った。これからもし、落ち込むようなことがあったら読み返そうと思う。

四年半着た制服は、よく言えば働き者の証《あかし》で、正直に言うとめちゃくちゃ汚かった。ケチャップのシミ、コーヒーのシミ、油がはねたシミ。何度手洗いして漂白しても、落ちなかった汚れだ。浴槽に湯を張り、漂白剤を入れて制服を浸《つ》ける。これを着ることはもうない。

着替えて散歩に出かけた。近所の家の子どもが縄跳びの練習をしている。お兄ちゃんは縄跳びで、妹はチョークで道路に絵を描いていた。顔見知りの宅配便のお兄さんとすれ違い、挨拶する。彼は勤めていた喫茶店、わたしの家両方の荷物を担当してくれていた。道ですれ違うとよく、「荷物届いてます、どっちに持って行きますか?」と聞いてくれたものだ。商店街を抜けて、図書館へ向かう。よしもとばななの本を借りて、コンビニでアイスコーヒーを買って家に帰った。なんてことない休みの日だけど、もう制服を洗わなくちゃと思うこともない。

引っ越しまでの一ヶ月半は、この街に別れを告げる期間だった。部屋の荷物を整理しながら、色んな友だちに声をかけたり、かけられたりして、会う約束をした。執筆の仕事があったから、無職になったわけではないけれど、何にも属していない身というのは、なんだか宙ぶらりんだ。でも、次に住むところが決まっているからか、前進している実感もあった。だから、悲しさや寂しさよりも、もっと満たされたすっきりした気持ちで過ごせた。一ヶ月以上休み、ということが何年ぶりかわからなかったので、旅行でもしたかったけれど、コロナ感染者がまだまだ多い時期だったので、都内でのんびりしていた。

朝好きな時間に起きて、ゆっくりお茶を飲んでごはんを食べて、音楽を聴きながら部屋の片付けや読書をする。夜は誰かと食事をして、帰ってから深夜までのんびり電話をしたり日記を書いたりして、眠くなったら眠った。暇なのか忙しいのかよくわからないような日々を、泳ぐように過ごした。財布のなかのカードを整理して、散々通った病院の診察券も、美容院のカードも、全部捨てた。しょっちゅう通っていた花屋さんに、お菓子を持って挨拶しに行く。花屋のお兄さんは「寂しくなるね〜。でも、おめでたいことだね」と言って、餞別にコットンフラワーをくれた。冬になると毎年買っていたのを、覚えていてくれたのだ。居酒屋のママにも「引っ越すんだ」と話す。一人でふらっと飲みに来たり、友だちと連れ立って来たり、同僚と愚痴《ぐち》を言い合ったり、パートナーとデートしに来たところだった。ママが「おつかれさん」とサッポロ黒ラベルの中瓶を持ってきてくれる瞬間、いつも気持ちがゆるんだ。笑ったり泣いたりと、思い出がたくさん、この店の壁に染み込んでいる気がした。色んな場所に「またおいでね」と笑ってくれる人がいたことで、自分の居場所を作る大切さを知れた。

思い出に浸《ひた》りながらも、引っ越しの作業を進めなければいけない。業者を手配して、粗大ゴミを捨てたり、水道や電気、ガスを止めたりと、色々動いた。そんな事務的な作業をこなしながらも、新居で使う食器や雑貨を見に行くのが楽しかった。特に、茶色くて丸っこいティーポットはそのかわいさに一目惚れして購入し、これでたくさんお茶を飲もう、と明るい気持ちになった。つい、引っ越し前に荷物を増やしてしまった愚かなわたしであったが、気持ちは華やぐので、よしとする。長い一人暮らしが終わって、新しい生活が始まる。

引っ越し

喫茶店で働きながら執筆活動する生活は、毎日楽しかった。慣れた場所、慣れた仕事、慣れた人間関係。長く住んでいた場所だから、ルーティーンのようなものができていて、それをこなしていく日々。でも、年齢を重ねていくにつれて「ずっとこのままではいられない」とも感じていた。ずっと、先のことなんか考えていなかった。それは若さゆえでもあり、長いあいだ感じてきた生きることのつらさ、ままならなさがそうさせたことでもあった。しかし、喫茶店で働いて再生した心は、一冊の本を出版したことでさらに、未来を拓くあかるさを得ることができた。そしてそのあかるさは、書いて生きていくことと、パートナーと一緒に生きていく人生を照らしてくれた。

一緒に住むと決めてから、三ヶ月くらいは準備していただろうか。夏頃に話し合って、お店を辞めることを決め、九月に本を刊行して、十月にお店を卒業した。住む場所にはあまりこだわらなかった。ずっと生まれ育った土地で暮らして仕事をしているパートナーに合わせて、わたしが彼の家に引っ越すことで落ち着いた。わたしだけが移動すればいいと思いきや、彼の家には大量の在庫（古本）が所狭しと置かれている。一部屋は物置のようになっているので、その古本たちをどかさなければいけない。家の近くにたまたま空き物件があったので、そこを借りて事務所兼倉庫にして、本を移動してもらった。以前の彼の家は、カニ歩きしないといけないほど本でびっしり場所が取られていて、自分でもどうしたらいいかわからない様子だった。それを何ヶ月かかけて整理してもらって、わたしが住める家に進化した。かなり頑張ってくれたと思う（きっと、本当に大変だったはず……）。

一人で暮らすのは、気楽だけど怖いことがたくさんある。玄関のドアノブを回されたり、誰かがつきまとってきたり、肝《きも》が冷える出来事が多い。いまでも誰かが家のなかに入ってくる夢を見てしまう。うっすらとトラウマになっているのだ。これからは、怯《おび》えたりせずに夜もぐっすり眠れる。

引っ越しの日は、やけに早く目が覚めた。六時に起きて、二度寝しようと思うが寝付けず、そのまま近所の喫茶店でモーニングを食べた。洋風か和風か選べるのだが、いつも和風のモーニング。冬になると、お冷やではなくて白湯を出してくれるのがうれしかった。もうここで朝食をとることもなくなるのだな、と思いながら過ごし、食べ終わったらすぐに店を出た。大家さんがアパートの下にいたので、「引っ越し業者の方が昼過ぎに来ます」と伝えておいた。はいはいわかりました、俺は午後にはいないから、元気でな、と言ってもらった。お世話になりましたと挨拶して、髪を縛り、部屋の片付け。食器を布で包んだり、クローゼットのなかの洋服を全部出したりと、一人でやるには少し大変だった。引っ越し業者の人から電話がきて、「午前の作業が早く終わって早く着きそうですが、いいですか?」と聞かれる。快諾して、パートナーに電話。十三時頃、予定より一時間早く来て、若いスタッフさんが三人でせっせと荷物を運んでいた。家族が転勤族だったので、これでもう十回目くらいの引っ越しだったのだが、何度見ても、冷蔵庫を背負ったり、本の入った段ボールを三つくらい重ねて運んだりするのがすごすぎる。多分、二十分もしないうちに部屋がからっぽになった。

はじめてこの部屋に越してきたばかりのことを考えながら、残しておいた掃除用具で床や収納を拭き掃除した。こまめに掃除していたけれど、本棚の裏や洗濯機の後ろはほこりが溜まっている。全部拭き取り、ゴミ袋に入れて収集所に出した。水曜日は燃えるゴミの回収が十四時くらいと、かなり遅いので間に合う。言われていた通りに封筒に鍵を入れて、大家さんの家のポストに入れた。ミヤがエアコンの室外機の上に寝転んでいて、最後に写真を撮った。犬しか眼中になかったわたしではあるが、この部屋に住んでから猫が好きになったのだ。喉《のど》をごろごろ鳴らして甘えてくるのがかわいかった。ミヤは、わたしがいなくなったことにいつ気づき、何を思うんだろうか。探したりするだろうか。長めに撫でて、駅へ向かった。

電車に乗り、いつもの駅で乗り換え、四十分ほどかけて移動する。いつも遊びに行っていた家に住むのは、なんだかあまり実感が湧かなかった。家に着いたとき、ちょうど引っ越し業者の人が帰るところだった。「トラックのなか、確認してもらっていいすか?」と言われ、処分を頼んだ家電や机だけ荷台に残っているのを確認する。お金は支払っていたので、お礼を言って家に帰った。

「ちょっとお茶でもしようか」とパートナーが言い、紅茶を淹れてチョコレートとドーナツを食べた。思ったより早く終わってよかったねと言い合い、でも古紙の回収は明日だから、段ボール早く畳まないと、と促される。そこで初めて、古紙回収は木曜なのか、と引っ越したことを早速実感した。同じ都内でも違うのだなあと、当たり前のことだがしみじみ思った。夕飯はどこかで食べようという話になって、「鳥貴族がいい!」とお願いした。わたしがいちばん好きなチェーン店、鳥貴族。いいよと言われたので、元気いっぱいに荷解《にほど》きを始めた。洗濯用洗剤や、トイレットペーパーなど、消耗品はもったいないので持ってきた。パートナーがかなり頑張って、大量にあった古本は事務所に持って行ってくれたのだが、本しかなかったぶん収納棚を置いておらず、ものを仕舞う場所がなかった。おいおい買うとして、しばらくは鍋や洋服がむき出しで置いてある家になった。

夜、鳥貴族に飲みに行って、「これからよろしくね」とジョッキを合わせた。出会った当初は何時間でも飲んでいたが、いまでは二人ともすっかり弱くなっている。おなかが空いていたので、串もおつまみもたくさん頼んだ。とりとめのない話をして、わたしは三杯飲み、アイスでも買って帰ろうよとお店を出る。ほろよいで気分も良く、もう終電を気にすることもないんだな、とすでに懐かしく思う。

二人暮らし

ピー、という音が聞こえてくる。眠りと覚醒のあいだで彷徨《さまよ》っていた意識が、「ほら、洗濯物干すよ」という声でくっきりと輪郭を示す。今日は晴れで、いまはきっともう昼なのだ。引っ越して人と一緒に住んで感じたのは、わたしはよく寝るんだな、ということだった。もともと疲れやすいし、不眠症ではあるが、薬を飲めば半日くらい寝ている。朝一度起きたりもするが、眠り足りないと、昼前まで寝ていることが多い。だから先に起きたパートナーが洗濯機を回してくれているのだ。

わたしが引っ越してきた当初、我々の朝は遅かった。パートナーは自営業なので起きる時間は決まっておらず（市場や組合の会議があるときは別だが）、ともすれば、二人とも夜遅くまで起きては昼近くまで眠っていた。ゆっくり起きて、朝と昼のぶんが一緒になったごはんを食べ、洗濯物を干して、それぞれの仕事をする生活。一人で暮らしていたときとは全く違う時間が流れていた。

住環境は悪くなかった。交通の便は以前住んでいたところより良いし、安いスーパーも好きな喫茶店もある。ただ、人の雰囲気や年代は全然違うのが面白かった。引っ越した先はお年寄りや、家族で住んでいる人が多いところで、街全体が落ち着いている。夕方に近くの公園へ行って、犬の散歩を眺めるのが癒やしの時間だ。唯一の悩みといえば、近くに書店がないことだったが、個人書店（のウェブストア）で買い物するきっかけになったので、かえってよかったと思う。「どこにお金を落とすか」というのは大切で、好きな店が続いてほしいと思うなら、お金を落とし続けることを忘れてはならない。

しょっちゅう来ていたとはいえ、この家で暮らす、というのは変な感じだった。区が違うし、家の広さも違う、住環境も違う。夜中や明け方に大家さんの猫が大きな声で鳴いて、起こされることもない。同じところは、日当たりがいいこと。夏は暑すぎるくらいだけど、日の光というのは大事だ。そしてこの家は、屋上があるのがうれしかった。よく、夜に飲み物片手に屋上でおしゃべりしたものだ。街の風景の移り変わりを教えてもらったり、取り留めのない話をしたりするのが好きだった。晴れた日は洗濯物を干して、日の光を浴びるのが幸せ。仕事を辞めて、引っ越して、違う街で暮らし始めたが、いい意味でそんなに変わらなかった。お互いのことはある程度知っていたし、毎晩長電話したり、毎週末会いに行っていたのが、約束しなくても一緒にいられるようになって、気楽だなと思った。

一人で暮らしていたときも、それなりに自炊したり、掃除や名もなき家事をしたりして過ごしていたけれど、一緒に暮らし始めてからは、より生活に楽しみを見いだすようになった。ごはんは簡単なものでも栄養は摂《と》れるけれど、旬の食材を使って初めての料理に挑戦したらきっとうれしい。こまめに水回りの掃除をすると、あとあと楽だし気持ちいい。疲れていたらお茶を淹れて、気分転換に散歩するのもいい。一人だと見過ごしていたことが、誰かと暮らしていると鮮やかに浮き出てくる。そして、そんな些細な営みが、小さく小さく積み重なって自分を作っていく。特に何も起こらなくても、穏やかであるほど幸せの解像度が上がった。散歩したり、喫茶店で本を読んだり、近所の居酒屋で飲んだり、そんな地味な日常こそ、きっとずっと忘れられない。

生活さえ楽しければ、潤《うるお》って、豊かでいれば、この先の不安はそんなになかった。もちろん、精神的に弱ったり、身体を壊したり、なんらかのトラブルに見舞われることはあると思うけれど、それでもなんとかなるし、なんとかしてきたから、と思えるようになった。それに、どこにいたって執筆はできる。だから、とにかく書き続けてみよう。それさえできたら、あとのことは自ずとついてくるはずだ。

引っ越してからも変わらず、書店へ行き、図書館へ行き、本を読んで、文章を書いた。そうしたいと思っているというよりは、気づいたらそうしている、といった具合だった。それは子どもの頃から変わらないし、もし本を出版していない人生だったとしても、きっとそうしていたと思う。喫茶店で本を読む時間や、一日の終わりに部屋で日記を書いている時間が何よりの癒やしなのは、ずっと変わりない。だから、もしこれからまた引っ越したりして環境が変わることがあったとしても、書くことと読むこと、それさえできていれば、わたしは大丈夫なんだと信じている。わたしの未来は明るいなあ、と目を細めたまばゆい冬だった。

文筆業とアルバイト

さて、わたしはバイトしなければならない。当面は貯金でのんびり暮らしていたが、生活費を稼ぐにはやはり、週に三回くらいはバイトしなければいけないなと思った。それに、外に出たら書くことにも困らないだろう、という打算もある。バイト探しの条件は、自宅からある程度近くて、それなりに情緒がある場所がよかった。さまざまな職業（主に接客業）をチェックしたが、やりたいことほど、悲しくなるくらい時給が低かった。自分のなかで折り合いをつけた結果、少し高級な飲食店（ぼかした表現）で働くことになった。しかしながら「もしバイトが見つからなくても、うちには仕事がたくさんあるから言ってね」と自営業のパートナーが言ってくれたおかげで、職探しにそこまで大きなプレッシャーを感じずに済んだ。

一度面接したターミナル駅に入っているお菓子屋さんでは、勤務時間の希望を伝えたところ「早番がいいなんてワガママです」と怒られてしまって、とぼとぼと帰ったことがある。わたしは「では結構です」と伝えられたものの、断れない人はそのまま流されて奴隷のように働かされることもあるんじゃないか……と思った。そして、年が明けてから別の店に面接に行き、運良くその場で採用になったので働き始めた。喫茶店での歴《れき》が長かったので、接客の面では大丈夫（多分、おそらく、きっと……）だったけれど、高級店ならではの厳しいルールがたくさんあって、最初は覚えることが多くて苦戦した。しかし、自分でも驚いたのは、初日に手ぶらで出勤してしまったことだ。以前働いていた喫茶店がメモ禁止だったうえに、新しいことを覚えるのが新卒で入社したとき以来だったので、何故かメモ帳すら持たずに出勤して、二時間くらい経ってから「あ！」と気づいた。多分、教えていた人も驚いていたと思う。そんなスタートではあったが、次第に仕事を覚えて、それなりに店の一員として機能するようになった。

しかしまあ、やめておけばよかったのに、人気店で働き始めてしまったものだから、土日や祝日はげっそりしながら帰宅することが多かった。店の外にずらーっと人が並んでいる様子は、夢に出てきそうだった。すごくやる気があるというわけでもなかったので、天気が悪かったり、お客さんが少ない日はラッキーと思って働いた。バイトを始めるにあたって、頑張りすぎない、入れ込みすぎないようにする、ということを念頭に置いていた。それは、バイトという立場上、何かあっても誰も守ってくれないことや、わたしには執筆という大きな柱があって、それを中心の生活にできるようにしたいと考えていたことに起因する。だから、シフトにたくさん入ってほしい、という店のお願いもきっぱり断った。

年齢的に、だと思うのだが、ある日オーナーに「副店長をやってほしい」と打診されて、本心では「この店に思い入れもなければ、そもそも全然やる気もないので、無理ですよ！」と思ったが、そんなことを言えるはずもなく、「他に仕事をしているので難しいです」と、半分本当で、かつそれっぽいことを言った。でも、仕事って、どんな給料や雇用形態だとしても「やる気あります！」みたいなポーズをとらなければならない雰囲気があるなあと思った。わたしが社会に受け入れられなかったのも、そのあたりに疑問を感じている甘さにあるんだろう。ゆるく働きたい、給料以上の働きはしたくない、というのはこの国ではタブーらしい。

最初にバイトしていたところは半年ほどで辞めて（色々とグレーなところが多かった）、もう少し条件がいいところを探し、そこで働き始めた。面接に行く前に、かつて働いていた喫茶店に願《がん》掛けがわりに行ってみる。しーちゃんに「ジュース作ったりする仕事、どうかな？」と聞くと「最高じゃん」と背中を押してくれた。仕事って、知らないうちに身についていることがたくさんあって、それはわたしのような非正規雇用でもそう思うのだから、色々やってみてもいいかもしれない。こうして無事面接に受かり、夕方に終わる仕事になったので、夜はゆっくり過ごせるようになったのもよかった。

ゆくゆくのことを考えたら、資格をとったり何か勉強するのもベターだと思い、通信講座の資料を請求したりして、「手に職」系の仕事についても考えてはみた。しかし、執筆や文章を書くことは、いつでもできるのだけど、でもいましか書けない瞬間や事柄もたくさんある。そんな感覚がずっとある。取り込んだものをひたすらアウトプットしたい。それにこの感覚が何年続くかわからないから、書けるうちにたくさん書いて作品を残しておきたいと思う。この気持ちは、画家であるえいこさんも同じだと言っていた。創作とは、そんな儚《はかな》さと隣り合わせの行為だと感じている。

知り合いの書き手仲間も、会社員として働きながら、という人や、わたしのようにバイトしながら書いている、という人が少なくない。作家の収入だけでやっていくには、なかなか大変な世界だと思う。わたしが喫茶店を辞めたとき、周囲の人々は「作家業一本でやっていく」という捉え方をした人が多かったけれど、それはあくまでも目標で憧れだ。現実の甘くなさは知っている。けれど、では執筆の仕事を増やすにはどうしたらいいか？　ということを考えるのは、なかなか楽しいものだった。

わたしが尊敬している写真家の植本一子さんは、日記本の名手《めいしゅ》であり、文筆家としても活躍されている。コロナ禍になってから自費出版の日記本を何冊か出されていて、それがかなりヒントになった。どんどん作品を生み出していけば、それがお金になったり、仕事のチャンスになったりする。わたしもどんどん自分を売り込んで、たくさん書いてみようと思った。きっと、そういう試みはとても楽しいものだと思う。商業出版と自費出版を経験したからこそ、どちらの特性も生かしてやってみたい。書くことは筋トレに似ていると思う。とにかく毎日続けること、そうすれば力は確実についていく。そして、それが心の健康に繋がるような気がしている。

III

また本を書いている

（体力のない私の）仕事論

思い通りにいかないのが人生だが、思い通りにいかないから楽しいのも、人生だと思う。

小学三年生のとき、「将来の自分の生活を思い描いた絵を描きましょう」という課題が出た。だいたいみんな、働き始めた二十代半ばの自分の生活を想像して絵を描いていて、それが結婚して家族と過ごす風景の子もいれば、消防士として街のために勇《いさ》ましく働く姿の子もいた。仲良しだったなっちという女の子は、想像力が豊かで絵が上手で、大きな洋犬を飼いながら忙しく働く自分の絵を描いていた。なっちが描いた部屋には、予定がびっしり書き込まれたカレンダーも貼られていて、子どもながらにかっこいいなあ、と思った。わたしはピアノを弾いている自分の絵を描いた。ピアノを習い始めた頃から、「将来はピアニストになる」と宣言していたのだ。何の気なしに（でも、大人が喜ぶから）言っていたことではあるが、ある日のピアノのレッスンの終わりに、先生が真剣な面持《おもも》ちで口を開いた。

「本当にピアニストになりたいと思ってる？　もしそうなら、わたしよりもっとすごい先生に教わらなくちゃいけないし、音大に行くならお父さんやお母さんにお願いしなきゃいけないよ」

わたしは固まった。こんな年齢から将来の仕事のために努力しなくちゃいけないのか。人生を捧げるほどピアノが好きかと言われたら、そんなことわからない。黙ってしまったわたしを見て、先生は察したと思う。それきり、ピアニストになりたいという話はしなくなった。本当は心のどこかで、自分にピアノの才能がないことはわかっていた。ピアノを弾くのは好きだけど、個人レッスンをしているわたしの教室の隣で、大人数で楽しそうにエレクトーンを演奏している子どもたちが、羨ましくて仕方なかった。もっと夢中になれる才能があればよかったけど、それはピアノではなかった。

とはいえ、一番長く続けた習い事ではあったので、中学一年生まで続けて、学校の合唱コンクールで伴奏したときのことはいまもずっと覚えている。

大学生になっても、自分のやりたい仕事を見つけるのは難しかった。やりたいことを仕事にしている人もすごいけれど、やりたくないことを仕事にしている人もすごい。飲食店で働いている人は長時間労働で大変そうだったし、会社員の父はいつも疲れていた。多分そのときは、働いている大人がみんなつらそうに見えていた。だから、仕事とはつらいもの、怖いもの、という意識が、知らず知らずのうちに植え付けられていたのだと思う。いま思えば、学生の頃に、仕事が好きな大人を知っていればよかったのかもしれない。そして、色んな働き方があることを学んでいたら、とも思う。いまは、三十歳を間近に控え、楽しそうに仕事をしている人を何人も見た。楽しいとまではいかなくとも、やりがいを感じる、好きな仕事を見つけた人にも出会った。

新卒で働いていた会社を辞めたとき、別の会社に正社員として入ろうと思わなかったのか、と聞かれることがある。一度は正社員だったのだから、できなくもなかったんじゃないかと。しかし、精神的にも肉体的にも、週五日も働く余裕がなかった。とりあえずと思って働き始めた喫茶店の居心地が良すぎて、辞めるタイミングを逃し続けた。そこでのちの夫となるパートナーと出会い、店を辞めて引っ越し、週に三回くらいバイトしつつ執筆する日々を送っている。一緒に住む前から「もっとバイト減らしてたくさん書いたほうがいいよ」とずっと言ってくれていたのは彼だった。「ちゃんと就活しなきゃ」とか「正社員として働けば」と言われないことに、本当に救われた。だから、書き手仲間が、執筆の傍らで普通に会社勤めだと、その能力や器用さに本当に驚いてしまう。書くことは、頭の容量をフルに使う仕事だと思っているので、シンプルにずば抜けた体力があるのではないだろうか。

なんとなく、自分は会社員と結婚すると思っていた。というよりは、それ以外の生活が思い浮かばなかった。しかし、現実には三十歳になったときに自営業の彼と結婚して、その働き方を観察して（そしてたまに手伝って）、「なるほど」と感心している。働く時間も休む日も自分で決めて、すべて自分の裁量で仕事していく生活は、「毎日決められた時間にスーツを着て会社に行きたくない」という気持ちに後押しされている。こういう芯のところが、わたしたちは似通っているのだと思う。しかし、わたしも夫も、好きなことを仕事にできているという幸福がある。

いま現在のバイトは、黙々とやる作業が多いので、手を動かしながらも、頭のなかではエッセイの書き出しやネタを延々と考えている。「何を考えるかは自由……」と思いながら、思いついた案や言葉をメモ帳に書きつけている。そして、バイトに関しては、「自分の代わりはたくさんいる」とも思うようにしている。だから、職場の人のお願い事も五回に一回くらい引き受ける感じで、とにかく苦しくならないように努めている。「頑張りすぎない」というモットーがあるので、「頑張ればここまで終わらせられるけど、疲れたから無理はよそう」「今日は余裕があるので、少し頑張る」という具合に、自分のキャパを決して越えないように注意をはらって働いている。そして、いかに労働と自分を切り離すかも、大事なんだと思う。頭の使い方を切り替えるのは難しいことかもしれないけど、バイトをしている自分と家にいるときの自分は別、と思っている。

執筆に関する仕事についてはどうだろう。「もっと自分を売り込まなきゃ！」と夫に何度か言われ、新人アイドルのような気持ちになった。この人生においては思い浮かんだことのないフレーズだった。自分は原稿料の交渉ができないし、どのように仕事を増やせばいいのか、とこぼしていた時期のことで、自営業の彼は「仕事は自分でとってくるものだ」と教えてくれた。一理あると思いつつ、わたし自身は、真剣にやっていることは、真剣に汲《く》み取ってくれる人がいるとどこかで信じている。だからこそ、書き仕事は、読者以上に自分が楽しもうと思っている。自分が楽しいと思いながらものを作ることが、結果的にファンや周りを幸せにすることにもなり得る。それに、きっと生きてさえいれば、書きたいことはたくさんあるし、書くことが生きる希望になりもする。いまは売り込むことに力を入れるよりも、少し時間がかかっても、いいものを作りたい。

しかし、書ければなんでもいいというわけではない。誰とでも仕事をしたいわけではない。書籍の相談をされたときに、少し思い悩んでしまう。いいものを作りたいと考えすぎて、かえって気軽にイエスを出せないときがある。まだデビューしたばかりでもあるので、自分の色を出すのも難しい気がする。そんなとき、「同人誌」はいい突破口のように見えた。製作に関わるほとんどすべてのことを自分で請け負う必要はあるが、それがかえって気楽でやりやすい。書きたいテーマを率直に書けばいいから、自分の色も出しやすい。そういう活動を続けていったら、出版社の人にも見つけてもらいやすくなるのではないか。いまは自分で製作する時間的な余裕も多少あるから、何冊か頑張って出してみようではないか。

夫の友だちに芸人をやっている人がいて、その人の家に遊びに行ったことがあった。みんなで仕事の話をしているときに、彼から聞いた話が興味深かったので、よく思い出す。多分、いまでこそ誰でも一度は見たことがある人だと思うのだが、仕事の出演依頼にすぐ飛びつくと相手に軽く見られてしまうから、「自分の価値」を作ったほうがいい、と話していた。ここでいう価値とは、まず自分自身が信じられるような、「芸人」としてのそれだ。その話はすんなり頭の隙間に入ってきた。「書き手」としての「自分の価値」という言葉が、自分の辞書に刻まれた瞬間だった。その場にいた海外在住のミュージシャンの友人は、「今度自分がやりたいプロジェクトがあって、政府にお願いしようと思ってる」と話していた。スケールがでかすぎて笑った。国を巻き込む創作なんて、考えたことがない。でも、彼がしきりに「人生は一度きりなんだから」と口にしていたことも、実はずっとわたしの心に残っている。異業種交流は魂《たましい》のアップデート。

「断れるようにならないとだめだよ」という言葉も、夫に何度も言われてきた。仕事も遊びも断れなくて、毎日びっちり予定を入れてしまうわたしの身を案ずるものだった。もともと体力が全然ないのに、何故か自分を過信して予定をたくさん入れてしまう。それにだいいち、わたしは断るのが苦手なのだ。

たとえば、買い物をしていて「ポイントカードをお作りしますか?」と聞かれるとき。目の前にいる初めて会った、この先もしかしたら二度と会わないであろう店員さんの表情が曇るのが(仕事なんだから曇らないだろうに)、本当に恐ろしい。そんなに行かない店なのに、ポイントカードを作ったら財布がかさばるのに、そして多分捨てるのに、それを断るその一瞬がすごくストレスだ。最近はスマホで登録するタイプのポイントカードがあって、それを作るか聞かれたときは「いまスマホの電源がなくて」と、嘘までついてしまう。どのみち断るなら普通に断れと思う。そんな自分を「やさしい」とは思わなくて、ただ愚かだなあ、とつらくなる。だから、買い物をするだけでとんでもないエネルギーを使ってしまう。

食事をしていて「もっと食べる？」と聞かれたら頷《うなず》くし、コーヒーショップで「ご一緒に期間限定のケーキはいかがですか？」と薦められたら断れない。多分、そういうふうに生きてきたから、そういう顔なんだろうなとも思う。もしくは、※こいつは押したらいけます、みたいな一文がわたしの頭の上に常に浮いているのかもしれないとも思う。もちろん、大事なことはきちんと考えて断るし、無理なスケジュールは組まなくなったけれど、こういう些細なことで精神をすり減らしているのは、あんなすごい本を出しておいてちょっと恥ずかしい。「出禁です」とは言えるのに、「結構です」が何故か言えない。だから、電気屋でウォーターサーバーの営業をされたときに秒で断る夫の存在は、力強く頼もしい。

でも、仕事できちんと断れるようになってからは、少し息がしやすくなった。断っても大丈夫という、当たり前のことに気づけなかった。休みを確保するとか、正直に現状を話すとか、そういう自分の守り方がわかるようになった。そして、無理をしても何も生まれないこともわかった。頑張れるなら頑張ったらいいけど、ほどほどでいい。長く続けたいことこそ、そう思うのが大事だった。無理はずっとは続かない。

日記は筋トレ

冷蔵庫で冷やしていたパイナップルの葉を根元で折り、硬い皮に包丁を入れる。体重をかけて、すとんと包丁がまな板についたとき、少しの恐怖でいつもうっすら汗をかいている。ぱっくりと割れたうすい黄色の果実が、甘酸っぱい爽やかな香りを放っている。「おいしいですよ」と語っているように見える。芯をとり、小さく切って器に入れる。味見のつもりが、ついぱくぱく食べて、おなかいっぱいになった。また来週も買ってこよう。

（二〇二二年八月二十日　土曜日）

日記とは、筋トレである。そう言い切れるのは、書くこととは一朝一夕では成り立たないと思っているからだ。毎日五百字から千字くらいの日記を書くことは、文章を書くドリルのような感じだ。あったことをそのまま書いているから、構成などにそこまで頭を悩ませることはないけれど、表現の工夫や、感情の抜き出し方など、それなりに毎日変化させることがあって、ちょうどいい練習になっている。

知人のSNSを夜中に見ていたら、「お腹が空いたから、こんな時間にバター醤油ごはん」と写真付きで投稿していた。サトウのごはんの容器のまま、四角いバターをちょんとのせて、お醤油を垂らした米が、もうなんだか無性においしそうで、眠れなくなったことを覚えている。バター醤油ごはんなんて、何時に食べても罪深い食べ物だろうに、それを深夜二時に食べる。「背徳」なんて言葉が生《なま》っちょろく感じてしまうほど大胆な行為……。カップ麺とか、コンビニのおでんとか、たまに強烈なくらい胸に迫る食べ物がある。そういう「なんかたまらない」食べ物を集めた写真集とかあればいいのに、と妄想することもある。

人の日記を読んでいるとき、食生活の多様さや豊かさにうれしくなる。茄子を入れた冷やし中華、きゅうりトースト、バナナのサンドイッチ、味噌汁にすだち……。知らない人の家の窓からそっとなかを覗いているような、そんな不思議な距離感で人々の営みを見せてもらっている。

つまるところ、他人の日常が好きだ。ＳＮＳに触れ始めたのも、そんな性質が由来したのだと思う。普通に生きていたら決して交わらないであろう他人の生活が、細部まで見えるのは面白かった。だからこそ、他人の日記が好きだし、顔も名前も知らない人の日常や思想を知るのは、得も言われぬ魅力があった。家族の話、仕事の愚痴、おいしかったコンビニの新商品や、買って良かった日用品の話。一日、一日と読み進めていくうちに、誰かの物語が立ち上がり、色づくのを感じる。特別な出来事がなくとも、小さな営みが続いていくのだってドラマだ。そして毎日、心は動いていく。

ところで、わたしは記憶力がすこぶる良い。一度聞いただけで、友だちのお母さんの名前、出身中学、パートナーの誕生日、昔飼っていたペットの名前など、だいたい覚えている。「すごい」を通り越して「怖っ！」と言われるくらい覚えている。親しい人はわたしのことを「記憶屋さん」と呼ぶ。ただ、重要なことは忘れてしまう性質で、開けていない郵便物を見つけては、よく心臓が止まりそうになっている。それに、覚えていることも多いけれど、感情がどんなふうに動いたかは覚えていられない。だから、自分の言葉で日記に残しておくことは、わたしにとって意義がある。

ある日自転車に乗っていて、前から来た自転車のおじいさんを避けたら、それでも邪魔に思ったのか怒鳴られてしまった。進んでいることが奇跡みたいな遅さで漕《こ》いでいる割に、気は強いんだと思った。どちらかと言えばお前のほうが危ないだろ。物騒なことを言うようだが、素手《すで》で戦ったら確実にわたしに負けるだろうに、よくそんな真似ができるなと思う。こういうとき、反射的に「すみません」と言ってしまう人が多いし、自分もいままでは結構そうだったけど、さすがに白けた顔で凝視した。似たようなことはかなりの頻度であって、たいてい中高年男性のサンドバッグみたいになる。「駅で女性にぶつかってくる男」もいい例だ。こういう出来事ひとつとったって、書いてみれば、いまわたしは怒鳴られたけど、それはわたし個人のせいではなく、女性に見られるという属性のせいなんだな、しょうもないじいさんだったな、と俯瞰《ふかん》できる。

でも、こんなふうになめられるくらいだったら、怖がられたほうが千倍いい。好かれることになめられることも付いてくるんだったら、恐れられて誰も近づいてこないほうがきっといい。そこに寂しさがあったとて、誰にも侵略されない安寧《あんねい》のほうが勝つに決まっている。何より、そういう心ない言葉を投げられたり、暴力を受けたりしたことに傷つくというよりかは、傷つけてもいいと思われたことに腹が立つ。そういうことを日記に細々書く。わざとぶつかってくる中高年がわたしの日記なんて読むわけないのに、それは千パーセントないのに、でも書かずにはいられない。書くことで事実は補強され、現実味を帯び、自分以外の人にも「確かに起こった出来事」として読まれ、認識されるようになる。幸せなことも、腹が立って眠れないくらい嫌なことも、書くことで輪郭が見えてくる。そうやって自分の心に刻んでいく行為によって、社会に繋がろうとしている。

だから、知ってほしいし、知りたいと思う。自分だけが苦しいとも思わないし、人の苦しさなんて簡単に測れない。色んな人の、実生活では交わらないかもしれない人の目になって、どういう世界が見えているか知りたい。日常は重く、そして脆い。しかし、その危うさをもってしても、毎日はよどみなく進んでいくし、そうやってつぶさに積み上げてきた生活を、誰にも奪われたくない。だからしぶとく書いている。

日記　二〇二二年八月－十月

八月十三日　土曜日

世間はお盆だ。今年祖母が亡くなったので、鹿児島に帰らなければならなかったが、コロナの感染拡大も収束を見せていないので孫たちは帰らず。今月は次兄の結婚式もあるし忙しくなる。今日は九時に起きてニュースを見て、予定をひとつキャンセル。台風が近づいているので無理しないことにした。そういえば明け方起きたときに、キッチンの窓が濃いオレンジに染まっていて、開けて外を見たら虹がかかっていた。虹なんて何年ぶりに見たことか。しばらく惚《ほう》けたように眺めていた、という話をパートナーにしたら、「なんで起こしてくれなかったの！」と抗議された。虹とか月とか好きだもんなあ……。高校野球を見ながらゴロゴロして、起きて朝食兼昼食。トーストにベーコンとチーズとアボカドをのせたもの。そういえば、わたしがアボカドを食べられるようになったのは最近のこと。食感がぬっちゃりしてて嫌だったのだ。食後にフルーツヨーグルト。シャワーを浴びて、仕事をしようと気合いを入れたが、気圧のせいかしんどくて断念。ふと、吉本ばなな『とかげ』を引っ張り出して読む。「新婚さん」という短編が好きで、学生時代に読んで以来、何度も思い出す一節がある。

家の中は敦子の宇宙だ。女は小さな分身の小物で家をいっぱいにする。それらはひとつずつ、かのシャンプーのように真摯に選び取られ、そして彼女は母でもなく女でもない何かの顔をするようになる。私にとってその何かのはりめぐらした美しいくもの巣はおぞましく汚いものであり、すがりつきたいほど清らかでもある。震えるほど恐ろしく、何事も隠していられない気がする。生まれながらの魔力にほんろうされている。いつからか。

(吉本ばなな「新婚さん」『とかげ』新潮文庫、二十～二十一頁)

雨がひどくて外に出られないので、紅茶を淹れておやつタイム。熱いレモンティーを飲んでいたら、喫茶店時代の常連の変わったおばさんのことを思い出した。いつかエッセイに書こうと思う。ずっとごろごろ寝転んで、本を読んで、合間に高校野球。十九時頃まで試合を見た。夕飯は豚キムチ、わかめスープ、茄子とキュウリの梅和え、しめじとニンジンの中華マリネ、キャベツのツナ和え。我ながらおいしくできたと思う。食後に白桃《はくとう》。何もしていないながらに、良い一日だった。

八月二十六日　金曜日

七時半起床。予定より少し早いが、起きて顔を洗う。寝ていたパートナーのおでこを触ったが、すごく熱いというわけでもない。彼は昨日ワクチンを打ったので、寝る間際調子が悪そうだったのだ。冷蔵庫の残り野菜を使っておじやを作る。小松菜、葱《ねぎ》でシンプルに。煮込むあいだに化粧をした。荷造りを終えて、のんびりコーヒーを飲む。電車の時間を調べ、九時半に家を出ることにした。今日から結婚式で香川県は高《たか》松《まつ》、三日ほど家を空けるので、行ってくるよ～と声をかけ、見送ってもらった。ワクチンの副反応とはいえ、体調が悪い人を家に残すのは少し気が引ける。しかし、おじやも作ったし、冷えピタもポカリもゼリーも冷やしてあるので大丈夫でしょう。空港でチェックインして荷物を預け、喫茶店で朝ごはん。サンドイッチにゆで卵を追加して、のんびり食べていたら、意外と時間がないことに気づく。急いで保安検査して、高松行きの飛行機へ乗り込む。機内でも原稿書きをするほど、今回は余裕がなく、脳みそがカチカチになっているのを感じた……でも、なんとか千文字くらい書いた。一時間十分ほどで着いて、高松空港が小さくてなんだか安心した。

降りた瞬間から暑くて、よく晴れている。電車はないから、リムジンバスで宿の近くのバス停まで乗ることに。バスの運転手のおじさんの讃岐《さぬき》弁が、すっごくやさしい。関西弁と似ているけど、もう少し……みりんを足したような感じ。バスに乗って町並みを眺めて、スーパーが「マルヨシ」「マルナカ」という東京にはないチェーンで、いいなあ、入ってみたいなあと思う。宿に荷物を預けて、お目当ての喫茶店へ。おばあちゃんがやっている「ミニ」というお店。アイスティーを頼むと、上にクリームがのって出てきた。調べていたので知っていたけれど、うれしい。紅茶自体にも少し甘みがついていた。おばあちゃんと常連客らしき人の会話が、水不足についてだったので、「香川に来たなあ」と思った。

「城の眼《しろのめ》」という有名な喫茶店にもお邪魔して、休憩。山本忠司《ただし》の建築でかっこいい。若い人ではなく、おばあちゃんが一人でやっているというところも意外でよかった。二人組の高校生に「文化祭いつ？　楽しみにしとるで〜」と話しかけていて、和む。店の雰囲気的にポメラを開いて良いかわからなかったので、スマホで原稿。あまり進まず。店を出て、本屋ルヌガンガへ。ずっと気になっていた本屋で、高松行きが決まったときに真っ先に行きたいと思ったお店。とにかくもう、選書が素晴らしくて（毎日通いたい）、ずっと棚を見ていた。ほしかった牟田都子《むたさとこ》『文にあたる』と、今村夏子《なつこ》『とんこつQ&A』を購入。自分の本も置いてくださっていて、店主の方にもご挨拶できてよかった。古本屋にも寄ったところでタイムリミット。宿に戻り、家族と合流することに。ああ、行きたい喫茶店がまだまだある……。ホテルのロビーで、二歳の姪っ子がわたしを見つけた瞬間走り出し、抱きついてきた！　筆舌に尽くしがたい喜び。そうさ、わたしは君の叔母だ！　晩ご飯はみんなで骨付き鶏を食べに行った。意外と知られていない、香川のグルメだ。夜、温泉に入ったら疲れが溶け出して、ベッドに倒れ込むように寝た。

八月三十一日　水曜日

九時に起きて、横で寝ているパートナーの脇に頭を擦《す》り付けたら、起こしてしまってやさしく怒られた。「イジワルしないで」と言っていた。寝起きで頭空《から》っぽの状態でやったので、地味にイジワルしていたことに驚いた。「まーちゃんが同じことやられたらキレてるよ」と言われて、確かになと思った。洗濯して軽く朝食をとり、身支度。今日はパートナーの実家に結婚のご挨拶。わたしも結婚することになったのだ。徒歩十五分くらいと近いが、初めて家に行くので緊張。夏日で、日差しがめらめらと強かった。「蜃気楼《しんきろう》って、なに?」と聞いてみたけど、答えは忘れた。履いていたパンプスは実はサイズが大きくて、中敷《なかじ》きさえズレる靴で、結婚するならわたしはもっとちゃんとしないといけない。何気ない会話をしながら歩いていたけれど、そう思った。

パートナーの両親と四人で昼食。わたしはお酒をよく飲むという情報が知れ渡っており、ビールを用意してくださっていた。「これからよろしく〜!」と乾杯して、手料理をごちそうになった。からあげ（わたしの好物）、お刺身、いかと里芋の煮物、茄子とピーマンの味噌炒め、カニカマサラダ、茶碗蒸し、お赤飯、お味噌汁など、心躍る料理がたくさん。おいしくて、たくさん食べて、お酒だと入らないので途中からお茶にしてもらった。仲良しの家族で、部屋の至る所に家族の写真が貼ってあった。カレンダーには全員の誕生日が書き込まれていて、秋生まれが多かった。うちは春夏生まればかりの家族だった。結婚することについて、「あんたよかったね〜」「うれしいよ〜」と、お義母《かあ》さんが彼に何度も伝えてくれた。パートナーの小さい頃の写真を見て、思い出話をして、夕方頃お暇《いとま》。バスで隣町へ行き、喫茶店でお茶。お花とアイスクリームを買って帰り、夜はそうめんを茹でて食べた。

九月十二日　月曜日

肩こりがひどくて、頭痛の日々。上半身は鍛えていないから、筋トレの品目を増やさなくちゃなあ。香川照之《てるゆき》の性加害についての記事を連日目にして、鈴木涼美《すずみ》さんの書いた文章が一番しっくりきた。記事にも書かれていたが、「水商売なんだから我慢しろ（それで稼いでるよね？　みたいな）」論、搾取《さくしゅ》をなんとも思わない感じが怖い。

巨人の坂本勇人《はやと》の文春砲も出たし、彼らは有名人とはいえ、これで人々の意識もいい加減変わればいいと思う。学生時代、かなりの頻度で痴漢に遭ったり、大人になってもセクハラの標的にされたりということが多かったので（要はなめられやすかった）、こういうニュースは他人事ではなくて本気で腹が立つ。苛々していたけれど、電車で隣に座っていた小学一年生くらいの男の子が、わたしにもたれて爆睡していたので笑ってしまった。降りるとき、そーっと立ち上がって顔を見たら白目を剝いていた。

感染者数が若干落ち着いてきたので、秋は友だちに会う予定が多い。何年ぶりかに会う友だちもいて楽しみ。五年ぶりの子もいて、何から話せば良いのだろう……とぼんやりする。しかし、遊んでばかりはいられない。書き仕事をとにかく頑張らなければならない。こうしているうちに、あっさり今年も終わりそう。夜はささみの大葉チーズ巻きを、照り焼きっぽい味にしたものと、お味噌汁、ピーマンとニンジンの和風炒め、残り物の副菜。冷蔵庫がだいぶ寂しいので、明日あたり買い物に行かねば。お酒を飲んだらすぐに眠くなって、信じられないほど弱くなっていることを実感する。この前のオンライン飲みのときも「顔赤すぎない⁉」と笑われた。軽くストレッチして、布団に横になった途端気絶した。

九月十六日　金曜日

パートナーのスマホの着信で目が覚めて、気づいたら二度寝。十時に起きて朝ご飯。休みの日の朝は基本的にパン、卵、ベーコン、サラダ、ヨーグルト。この基本形を何年も崩していない。食後に洗濯、掃除、アイロンかけなど。どこかに行ってもよかったけれど、疲れて昼寝。一時間くらい寝たあと、昼寝できたことに感動した。いつも疲れて横になっても眠れることは少ないので、今日はすーっと寝られたことにびっくり。この調子で睡眠がよくなるといいのだけど。部屋の片付けをして、重要な書類を捨ててしまったかもしれないことに気づく。何故か捨ててしまうんだよなあ……。

夕方買い物に出かけ、魚や肉を買い込む。いつも三日ぶんくらいのメインの献立を、スーパーで考えて買っている。昨日は肉だったから、しばらくヘルシーでいこうと思い魚。サンマも出ていて、秋を感じた。何かとすぐ忘れるので、食材を買ったら早めに調理か下処理をしようと思い立つ。いつも買ったことを忘れてダメにしてしまうことが多いので、買った日に頑張らないと。明日は仕事なので、明日のおかずも作ろうと何品か並行して作る。いんげんと人参のごま和え、いぶりがっこのポテトサラダ、ぶり大根、あさりの味噌汁、かぼちゃの煮物、鮭《さけ》のちゃんちゃん焼き。副菜は他にも作り置きがあるのでよし。いぶりがっこは、友だちが青森旅行のお土産に買ってきてくれたもの。なかなかおいしくできた。夜の十一時頃、パートナー帰宅。遅くまで荷物を運んで忙しかったよう。わたしは明日早いので寝た。そんなに難しくない料理でも、すごくよろこんでもらえてうれしい。

十月一日　土曜日

九時半起床。布団を蹴っ飛ばして寝ていたので少し寒かった。夜中はパートナーがかけ直してくれるのだが、朝方二人とも寝入っていると寒くて起きる。たまに、「わたしっておばあちゃんになっても寝相《ねぞう》やばいのかな」と話し合うことがあり、気になるところ。お年寄りで寝相が悪いって、あんまり聞いたことがない。十一時からカウンセリング。自転車を飛ばして行ってきた。今日は自分のトラウマ体験を話す、という治療で、いざ話し出すと涙が止まらない。日常で過去の嫌なことがフラッシュバックしたときにどうすれば凌《しの》げるか？　と聞いて、呼吸とツボ、眼球の動きなどでコントロールする技を教えてもらった。すごいと思いつつも、それを日常的にやれるかは別問題……。昼過ぎに帰り、カステラを食べる。わたしの両親が長崎で買ったもの。おいしいけど、二人で一本は多かったようで、まだ半分以上ある。長い。

午後、渋谷へ。茶亭羽當《ちゃていはとう》でえいこさんを待つ。今日は、婚姻届の証人になってもらうために待ち合わせした。パートナーは高校生のときから付き合いのある親友に書いてもらったので、わたしはえいこさん。実は彼女がきっかけでわたしたちは出会ったので、証人はえいこさんしかいない！　と思ったのだ。店内は大混雑だったが、店員さんがすごくやさしかった。紅茶とケーキのセットを注文して、近況を話す。途中、婚姻届の証人欄を書いてもらうときに、えいこさんが「あれ？　わたしの本籍ってどこなんだっけ？」とわからなくなり、パートナーやお父さんに電話して聞いていた。わたしたちは、本籍を自分たちのいま住んでいるところにした。こだわりがあるわけではないが、まあしばらくは東京にいるのではというゆるい憶測でそうなった。戸籍謄本《とうほん》を見ていたら、わたしの兄たちは二人とも（それぞれの妻も）、本籍を鹿児島のままにしてあった。何か理由はあるのだろうか。

えいこさんからお祝いのお花をいただき、「わたしが結婚したときもくれたよね～」と懐かしんでいた。結婚や仕事のことについてあれこれ話し、夕方解散した。家の近くで猫のソラを発見。ソラは半野良《のら》みたいな感じで、いつも自由にあちこち歩いている。バッグに入っていた餌《えさ》をあげた。顔をもみもみしても全然怒らない。猫って本当にみんな顔が小さい……。夜、パートナーが「クロミって、バッドばつ丸の仲間だよね」と言っていたので「え～!! どう見てもマイメロでしょうが!!」と小馬鹿にしてしまった。今日は夕飯を作る気力がなかったので、二人で友だちに教えてもらった居酒屋へ。入るなり、重低音がかなり強調されたサザンメドレーが流れていて、顔を見合わせた。ライブハウスかと思った。よく見るとカウンターに座る常連さんのTシャツもサザン、店主も桑田《くわた》風……。笑いをこらえつつも、もつ焼きと焼き鳥がめちゃくちゃおいしくて、二人ともお酒が進む。特にパートナーは大絶賛で、「うまい」を連呼していた。へべれけになり、「ラーメンでも食べたいね！」と興奮していたが店はやっておらず、コンビニでアイスとカップ麵を買った。帰宅して二次会、暴飲暴食の限りを尽くした。明日の体調が怖い。

十月十五日　土曜日

やけに疲れが溜まっている。やらなくてはいけないことが次から次へと押し寄せてきて、できることなら一週間くらい頭からっぽで過ごしたい。終わらない原稿、片付かない部屋、溜まる郵便物、極めつきは改姓手続きができておらず、それが終わらないソワソワ。マイナンバーカードがあればもう少し円滑に進むのだろうけど（という手続きがほとんど）、やはりあれを申し込むのは勇気がいる。いや、抵抗がある……。先月から、身体のことを考えて、休憩中にコーヒーを飲むのをやめた。水筒に温かいルイボスティーを入れて持ち歩いている。コーヒーや紅茶が大好きなのに、身体がカフェインをあんまり受け付けてくれなくなった。悲しい。たまの楽しみにしよう。今日は夜、喫茶店のメンバーで飲み会。みんなで瓶ビールを飲んで、ジャンキーでおいしいごはんを食べて、しょうもないことで笑って……という夢のような時間だった。黒ラベル最高、赤星も最高。誕生日プレゼントで、後輩ちゃんからネイルとクッキー缶をいただいた。うれしい。飲んでいたうちの一人の「自分のお店を持ちたい」という話に「みんなで手伝いに行こう！」と言っていたのがハイライト。わたしの終電が一番早く、一足先に店を出た。帰宅してシャワーを浴び、酔っていたが普通の顔で過ごした。

十月二十一日　金曜日

七時起床。布団から出て、屋上にあがる。空気の澄《す》んだ感じ、秋晴れの空、気温ともに最高だった。シャワーを浴びて着替えて化粧しているあいだに、夫が起きてくる。今日は義理の実家の旅行で熱海《あたみ》に行くのだ。全員車で十分圏内に住んでいるが、義父と義母と甥《おい》は新幹線、わたしたちは在来線、他の人たちは車で行くので現地集合となった。九時前に家を出て、在来線で約一時間半。わたしのバッグには車内で読むための江戸川乱歩の小説、夫は水木しげるの漫画を持ってきていた。「陰《いん》キャの夫婦だね」と言い合って、電車では結局おしゃべりが止まらなかった。

約七年ぶりの熱海は、再開発で街の様子がすっかり変わっていた。古い商店街はそのままだが、駅前の感じが違っている。夫がカメラを首にさげて上着を脱いだとき、旅行にきた実感が湧いてうれしくなった。高速道路が混んでいたようで、車組が遅れる模様となり、当初の予定を変更。わたしたち夫婦と義父たちの五人で昼食をとる場所を探す。「サンバード」という喫茶店になんとか並ばず入れて、軽食を頼んだ。甥は自分のリュックからおもちゃの新幹線を五個くらい出して全部の名前を紹介してくれた。まだ四歳、「マックス」とは言えず、「まっくちゅ〜」と言っているのがたまらなくかわいい。しかし、彼は喫茶店でぐずったり騒いだりせずに、お利口に座っているのはすごいと思った。注文したナポリタンは絶品で、もう一皿食べたいくらいだった。食後、砂浜でみんなで遊んでいたら車組も合流。甥が岩場を歩きたいと、わたしと手を繋ぎながらぐいぐい進む。傾斜が急で危なかったので、「ちょっとこわいかも〜」と回避させようとしたら、「まりおねえさんは、階段で行ってもいいよ」とスマートに言われて笑った。

義父たちはホテルに向かい、義兄たちは街散策、わたしたちは行きたい喫茶店があるので散った。お目当てのところは昼の三時閉店だったので間に合わず、散歩しつつ他のところでお茶をした。ホテルにチェックインして、疲れでしばらくぼおっとする。

夫が仮眠したのでわたしは本を読んでいた。食事はビュッフェ方式で、本当はからあげを五個くらい取りたかったが、「はしたない」と思われないか不安で我慢した。お刺身やローストビーフ、しいたけのソテーがおいしかった。温泉に入り、夜の海を眺めてこわくなる。夜の海は、空よりよっぽど暗い。その光のなさに思いを馳せながら、魚って寝るんだっけと考えた。部屋のベランダで夫とビールを飲んで、こんなにゆっくりするのはいつぶりだろうね、という話をした。思えば、コロナに感染した七月からずっと走り続けている気がする。たまにはこんなふうに心を休めなくちゃだめだね、とも言った。ホテルの寝具は、体温調節がやっぱり難しい。

書きたい生活

頭のなかが、いつもしゅわしゅわしている。毎日、毎秒、色んなことを思いついて、考えて、それを「書きたい！」と思う。子どもの頃から「ぼんやりしている」とよく言われて、そのせいで周りについていけなかったが、それはいまもそんなに変わらない。いつも思考が飛躍する。さっきまで考えていたことをすぐ忘れて、興味が移り変わるのも早い。でも、自分で閃《ひらめ》いたことや、ふと浮かんだ言葉が、いつも頭のなかで煌めきを放っていて、わたしはそういうときに一番、「生きててよかった」と思う。「書きたい」という気持ちが生きる力で、前に進むヒントだ。ただ読んで書いていられたらそれでいい、それだけでいい、そう思えるようなわたしの光。この光をいつまで放っていられるだろうか。

行き当たりばったりで、ふらふら生きていた二十代を終えて、結婚して二人で暮らしている。五キロのお米の減りの早さから、ちゃんと二人で生きてるって感じがする。冷蔵庫のなかをじっくり見て買い物に行ったり、栄養バランスを考えた食事を作ったり、夜は早めに寝たり、一人で暮らしていた頃よりずっと人間らしい生活になった。いままでなんとなくこなしていた家事が、いまはなんとなく楽しい。自分の居場所を整えて、より豊かに快適に過ごしたいと思う。優雅でも贅沢でもない、別にみんなが羨むような生活ではないけれど、読み返したときにふと心が温《ぬく》もるような日々だ。

いま思えば、子どもの頃から超根暗《ねくら》だった。人見知りではなかったので、それなりに友だちはいたし遊んでもいたけれど、本当は家でゲームをしたり本を読んでいるのが一番好きだった。兄のお下がりである、スーパーファミコンの「スーパーマリオワールド」は何回やったかわからない。同級生がシール交換や高鬼《たかおに》に熱を上げているとき、わたしは敵キャラの亀たちをボコボコやっつけて、ヨッシーにりんごを食べさせて、コインを百枚集めてひたすら残機を増やしていた。あるいは、「ハリー・ポッター」シリーズに触発されて、秘密のノートに自作の小説を書き付けていた。そういう時間が一番好きだった。中学、高校、大学と進学しても、自分の根底はそんなに変わらなかった。結婚しても、たとえ子どもを産んだとしても、そう簡単には変わらないんだと思う。書店で新刊を買ったり、図書館で本を借りたりして、本に没頭している時間に癒やされる日々。そんな半生を送っていたので、わたしはとても目が悪い。

「自己肯定感」という言葉が巷《ちまた》に溢れて久しいが、いままで生きてきてそんなことを考えたことがなかったので、折に触れて自己肯定感について思いを巡らせていた。その名の通り自分を肯定できる感情のことを指すが、日本で生まれ育った以上、あの空気感で自分を肯定するのはなかなか難しかったんじゃないか、と思う。わたし自身、他人《ひと》よりできることが少なくて不器用だったので、「自分最高！」といつも思えるわけではなかった。二十代の頃はつらい時期が長く続いたので、どんよりと思い悩むことも多かったが、三十歳になったいまは、「自分が思っているほど、人は他人のことを気にしていない」ということに気づいて、マイペースに拍車がかかった。

二十七歳くらいのとき、友だちやパートナーの影響で自炊を始めた。十八歳から一人暮らしだったので、自炊をしていた期間ももちろんあったが、一人分を作るのが面倒で、鍋もフライパンも捨ててしばらくは外食とお惣菜《そうざい》で凌いでいた。そのときは家事に費やす時間をもったいなく感じていたので、それが最善とばかりに思っていた。しかし、周りに触発されて始めた自炊は面白く、おいしくできたときにはいつも、割と真剣に「こんなにおいしかったら、そのへんのお店に勝ってしまうよ」といつも思っていたので、実はめちゃくちゃ自己肯定感高いタイプだった。

なんとなく始めたことが、意外と向いていたり好きだったりする。だからなんでも挑戦してみたい。わたしにとって料理がそうだった。最近では、夕飯はいつも二時間くらいかけて、四品か五品くらいのんびり作っている。作るのに三時間もかかる日すらあり、終わった頃には疲れ果てている。こだわりが強いので、色んな食材、食感、味を追求した結果こうなってしまう。家族のためといえばそうかもしれないけど、それ以上に自分で色々作り出すのが楽しい。ひじきを戻したり芋を煮っ転がしたり、大雑把《おおざっぱ》で適当ではあるものの、おかずがたくさんあるのはうれしいから、ひたすら作る。

料理とは作るだけではなく、買い物や賞味期限の確認、献立《こんだて》を考えている時間もあるので、ともすれば半日くらい料理のことを考えている気がする。しかしそれは苦ではない。誰にも強制されていないことは、多分長く楽しめる。

心の元気がないときは、めちゃくちゃに家事をするに限る。排水溝の掃除をしたり、キッチンマットを洗ったり、家中のものを漂白したり。そうやって自分の居場所を整えることが、心を育てることだと信じている。そしてそれは、きっといつか自分を守る術《すべ》にもなる。

以前友だちが「会社のトイレットペーパーが硬いから、自分の家のトイレットペーパーを何枚か折ってポーチに入れて持ち歩いている」と言っていたことがあった。なんてことないようだが、わたしはすごく驚いた。そんなに自分にやさしい人を見たことがなかったのだ。多分わたしだったら妥協するし、まあいいかで済ませてしまう。それにトイレットペーパーなんて何でもいいでしょ、くらいに思っている。でも、なんだかすごく羨ましくなるくらい、それはうっとりするようなことだとも思った。その心の余裕が何かを作っていくような、そんな偉大さすら感じた。小さな不快にも目を背けない、そんな暮らしにあかるさを感じた。

*

最近できた友だちと盛り上がるのは、いつだって食べ物の話だ。十歳年上のMさんとは、執筆を通して知り合ったご近所さんなのだが、何の話をしていても食べ物の話に繋がってしまうほど、わたしたちは食べることが好きなのだ。近所の焼き鳥屋、住宅街にあるカレー屋、商店街の新鮮な野菜が買える八百屋、ちょうどいい居心地の喫茶店……。製麺所で買う餃子《ぎょうざ》の皮のおいしさを教えてくれたのも彼女だった。二人の家の中間地点であるオーケーストアの魅力について語るのもまた楽しい時間で、オリジナルブランドのポテチはバター味が一番おいしいとか、アイスクリームの味がめちゃくちゃ増えてますとか、些細なことでも情報交換したいくらい、Mさんとの会話は自分の生活に根付いている。そういう話が楽しいのは、生活の解像度が上がったからだとも思う。

そんなMさんに連れて行ってもらった料理教室は、わたしのなかで静かに革命を起こした。料理教室といっても、きっちりした雰囲気のそれではなく、普段はスナックのママをやっている方が教えてくれるところで、外国で食べたおいしい料理を再現して楽しく食べよう！　という感じ。調理も難しくなく、調味料をさらっとおすすめしてくれたりと、その気楽さに胸を打たれた。そして料理がすべてできあがった瞬間に、生徒がみんな冷蔵庫から缶ビールを取り出してプシュ……と開けたのもすごく良かった。こんな一コマにも、力をもらえる。「料理教室はいい奥さんになるためのところ」と思っている人に見せてあげたい。女として三十年くらい生きてきた身としては、料理＝女性が「してあげるもの」という刷り込みが深かったので、男ウケとか知りません！　エスニック最高！　というノリでたくさん作って、最後はみんなでお酒を飲む、みたいな空気にしびれた。そして何より、教えてもらった料理のおいしかったこと。コツを書き込んだレシピは大事にとってある。この最高の料理教室に是非また行きたいと思いながら、幸せを生み出していく強さについて考えたりもした。それくらい、食と生活は密接に繋がっていて、考えるほど底なし沼のように深く、とにかく果てしない。自分の胃を、身体を、心を幸せにしたい。あるものでまかなうだけではなく、自分で幸せを作り出していきたい。きっとそれは、そんなに難しくはないはずだから。

喫茶再訪

卒業した喫茶店を久々に訪れたのは、七歳年下のすみれちゃんが卒業すると聞いて駆けつけた日だった。彼女に渡すお菓子を買って、乗り換えの駅のカフェで手紙を書く。大学を卒業する年だったので、喫茶店も卒業することにしたようだ。すみれちゃんは、喫茶店から遠いところに住んでいたが、「どうしても働きたい」とマスターにお願いして働いていた、熱意のある子だった。時間帯的に一緒に入ることがあったので、仕事を教えて、仲良くなってからは一緒に居酒屋でビールを飲んだりもした。やがてシフトがかぶらなくなっても、「会いに来ました〜」と、わたしがシフトに入っているときに電車で一時間かけて会いに来てくれる子で、そんな彼女がもちろん、かわいくて仕方なかった。本が好きだというので、何冊かおすすめを貸したこともあった。自分がすみれちゃんの年頃のときに出会いたかった本を選んで渡した。吉本ばななの小説を貸した、そんな思い出が、ふんわりと残っている。

久しぶりに降りた駅で、一気に懐かしさが込み上げる。あれだけ日常だったものが、一気に遠くなった。駅から喫茶店へ行く道で、三人くらい知っている顔を見て笑えた。喫茶店の常連、駅前の薬局のおばちゃん、西友《せいゆう》のカゴを集める係のおじいさん。いま住んでいる街には知り合いが三人くらいしかいないので、地元に帰ってきたような気持ちになった。手に馴染んだ入り口の扉を押して、懐かしい匂いを嗅《か》ぐ。古い建物だから、実はちょっとくさい。すみれちゃんと手を取り合い、「久しぶり〜」と挨拶して、カウンター席に座る。常連で仲良しだったまっつーもいた。大好きな、クリームがのったアイスコーヒーを注文して、「元気だった⁉」とみんなに呼びかける。ふと後ろを振り返り、店内に誰がいるか確認すると、いつもの常連さんたちがちらほら。辞めて半年も経っていないのに、働いていたのがずいぶん前のことに感じる。

すでに仕事を終えていたしーちゃんも、わたしが来ることを伝えたら店に戻ってきてくれた。「手荒れやばすぎて皮膚《ひふ》科行ってたわー」と、包帯《ほうたい》を巻いた指でわたしの肩を揉んでいた。ワセリンを塗った細い指の感触が懐かしい。「新生活はどう？」とみんなに聞かれ、近況報告。洗濯物の干し方がパートナーと違い、両者譲れない話をすると、みんな「わかる……」と遠い目をしていた。生活の話って、小さければ小さいほど盛り上がる。この日も、バスタオルの干し方で十五分くらい笑っていた。

すみれちゃんは、内定をもらっていた会社を辞退して、就活をやり直すと教えてくれた。出版業界に興味があるので、出版社を受けてみたいんです、と静かな声で話す。のんびりとした調子で話す彼女だが、意志の強い感じはひしひしと伝わる。出版という自分と少し近い世界に興味を持ってくれたのもうれしいが、内定を蹴ってまで自分の人生の舵《かじ》をとっている様子が、心底すがすがしかった。今日、会う前に書いた手紙に「すみれのことは、実はそんなに心配してないよ」と記したが、本当にその通りだった。年下の彼女からも、学ぶことはたくさんあった。自分で自分を救っていける子だから、きっと大丈夫。飲み物をおかわりして、みんなで写真を撮って店を出た。海辺で見つけた貝殻のような日だった。

「人生が、二つあったらいいと思うの」

居酒屋のテーブル席で向かい合ってお酒を飲んでいるとき、ふとしーちゃんが呟いた。

「子どもを産まないで二人で生きる人生と、子どもを産んで親として生きる人生、その二つとも経験できたらいいのに」

お酒が弱い彼女はコーラを頼んでいる。瓶から氷入りのジョッキに注ぐとき、その何割かは泡になって消えゆく。

*

あのあと、二人で飲みに行こうと、駅前の居酒屋に入った。夜も深くなった頃、わたしたちの話題は「子どもをほしいかどうか」ということだった。ともに三十歳になる年、人生の分かれ道に差し掛かっていた。しーちゃんはなんと、喫茶店で出会った人と結婚することになったのだ。今日は彼女の独身最後の夜で、二人でしっぽり飲んでいる。つい二、三年前は、常連客の奇行とか、最近ハマっている動画とか、もっとどうでもいい話で笑っていたのに、結婚や出産の話になるとは、わたしたちも年をとったのだ。しーちゃんの夫は子どもを望んでいて、彼女も子どもを産むことへのイメージが湧いてきたそうだ。

「うち、夫ともかなり年が離れてるし、一人っ子だし、お母さんも死んじゃったら、ひとりぼっちになっちゃう。だから、子どもがいてほしいと思うんだよね」と言うしーちゃんを見て、大人になったなあ、とふと思った。大人になるって、ずっと未来のことを考えることではないだろうか。「しーちゃんのお母さんにとってしーちゃんが、そうだったのかもね」と呟いた。「でも、もっと夫婦で過ごす時間もほしいなって思っちゃう。時間が足りないよね」と漏らす彼女に、「もっと、出産できる年齢の幅が広かったらいいのにね」と同調した。二人の前にはいま、結婚するしない、の選択のあとに、子どもを産む産まない、の選択が続いていて、出産には適齢期があるから、それを短い期間で決めないといけないのが、つらく感じる。時間がないと焦ってしまう性を呪ったときもあった。五十歳くらいまで健康で産めたら、どんなにいいか。

でも、彼女の人生の可能性がどんどん芽吹いているのを、近くで見られるのはうれしかった。妻になったしーちゃん、親になったしーちゃん、わたしの知らない彼女が、どんどん生まれていくのだ。そして、自分の家族を大切にしていた彼女に新しい家族ができることが、本当にうれしかった。

「独身最後の夜、まーちゃんと過ごせてうれしいよ」と言う彼女が笑っている。そんな顔を見ていたら、泣けて泣けて仕方なかった。親友が先に結婚するって、どんな気持ちなのか。よく聞いていたように、焦るとか、嫉妬とか、そういう感情が湧くのかと思っていたら、ただひたすらに幸せな気持ちでいっぱいになった。そして、こんなふうに心の底から寿《ことほ》ぐことができる友だちができたことに、ようやく気づいた。

四十分くらいかけて帰る電車のなかで、先に家に着いたしーちゃんとずっとメッセージを飛ばし合った。引っ越す前は、徒歩十五分くらいでお互いの家を行き来できた。へべれけになったわたしを心配する「無事着いたらラインして！」という一言から続く、「電車で泣きそうになってる笑」「ワシは自転車漕ぎながら鼻水出ちゃった!!!」「号泣してやばい人になってる笑」という応酬《おうしゅう》。終電近い電車で、わたしは隅っこの座席で背を丸めて泣いていた。酔いのせいもあると思うが、これまでのことを考えると泣けて泣けて仕方がない。すごく近い存在だったから、喜びも悲しみも怒りも、ずっと持ち寄って歩んできた。二人でお店に立った日々、息ができないくらい笑ったことや、顔を真っ赤にして怒ったこと、当時付き合っていた人との関係に悩んで、うちのアパートの前で二人で泣いたこと。拭いても拭いても、マスクのなかは涙と鼻水でびしょ濡れになっている。熱くなった顔で、ものすごい速さでメッセージを交わしてゆく。

「うちら、苦しくて楽しい日々を送っていたんだね」というしーちゃんの一言に目を見開く。苦しくて楽しい。確かにそうだった。思い通りにならなかったり、悔しいことがたくさんあったりしたけれど、それでも生きていけるくらい楽しかった。大変なことがあっても、前を向いていた。きっともう、二十代のそんな日々はもうこない。あんなに激しい泡沫《うたかた》のような日々はもうこないと、何故か確信している。

とうとう最寄り駅について、まだ少し泣きながら家を目指す。駅前の桜も、祝うように咲き誇っている。ぬるい風と桜吹雪が、わたしの五感に迫る。酔っ払っているときに聴く音楽は最高で、いつもより何故か、音も歌詞もくっきりと立ち上がる。のろのろ歩いていると、パートナーが自転車でわたしを探していた。「なに泣いてんの」と、笑い半分、呆《あき》れ半分で自転車から降りて、わたしの荷物をカゴに入れてくれる。もう少し余韻に浸りたいような、でも早く聞いてほしいような気持ちで並んで歩く。指先に、しーちゃんがつけていたワセリンがぬらりと光った。

本とともにある人生

ずっと本を読んでいた。毎日寝て起きて食事をとるように、本を読んでいた。部屋で、電車で、教室で、喫茶店で、お風呂で。高校生の頃、教室に行くのが嫌なときに向かったのは、保健室ではなくて図書室だった。司書の先生は、授業中にさぼって本を読むわたしを黙って受け入れてくれた。大人になってもまだ、そのときの心の鎮まる感じをずっと覚えている。揺れる水色のカーテン、校庭から聞こえる歓声、ささくれた木の椅子と、古い本の匂い。先生、お元気でしょうか。わたしはいま、本を書いています。

二十代の、みんながいちばん華やかで元気であろう時期、わたしはくたびれて毎日泣きたかった。好意も悪意も、必要以上に受け取ってしまって、人と接するのがつらい時期だった。自分の殻にこもって、ずっと眠っているように閉じていた。先のことが考えられず、寝て起きて食事して排泄《はいせつ》して、毎日淡々《たんたん》とやり過ごす。そんなとき、あちこち旅して、喫茶店で働いて、そうだ文章を書いてみよう、と思った。

本の情報だけは追っていたので、話題になっている本は調べていた。そんななか目にとまったのは、こだまさんの『夫のちんぽが入らない』という本だった。こだまさんは、ツイッターで面白いことを言う人、という印象だった。その人が本を出したのか、と調べていると、試し読みができることに気づいた。鮮烈な書き出しだった。冗談でも誇張でもなく、日本の文学史に刻まれるであろう、ものすごい一文で、突風が吹き抜けたような感覚だった。本を購入して、一気に読む。この一冊を、それから何度も読み返すことになる。

文学フリマで初めて自分が書いた同人誌を売ったとき、知り合いは誰もいなかったので、心細かった。何もわからないながらに、ブースに生け花を飾って、その芍薬《しゃくやく》が会場の熱気でどんどん開いていく様子を見ていた。何を書けば良いかわからず、私小説とフィクションをないまぜにした物語を書いた。百部しか刷っておらず、実は自分の手元にももうない『ばかげた夢』だが、やはりわたしの原点の作品で、ずっと心に残っている。そのときから、火がついたように書き始めた。同じ年の秋の文学フリマで『いかれた慕情《ぼじょう》』というエッセイ集を発表した。湿度と温度を込めた、胸が苦しくなるような思い出たちを書いた作品である。多分きっと、誰にでもある、普通の日々の平凡な出来事には違いないのだけど、だからこそ、その内面に宿る感情の激しさとか、寂しさ、苦しさを書いて残しておきたかった。

「好きになる」ことは、苦しい感情だった。ひとりよがりだったり、別れがつらかったり、何も手につかないほど自分の輪郭が溶け出したり。だから、何かに入れ込んだり、人を好きになったりするのは怖かった。でも、何かを、誰かを好きになった日々は、間違いなく美しかった。そんな思い出を書き残して、時々取り出して眺める。『いかれた慕情』は、消えない火のような、そんな作品だった。

執筆活動を始めるきっかけとなった文学フリマには、実のところ数回くらいしか参加していない。コロナ禍を挟んでいるあいだに商業出版した、ということもあるが、東京で開催されるのが一年に二回なので、何度も参加できるわけではない。自分が出店するまでは、コミケなどの同人誌即売会に関して「風変わりな人もいるんだなあ」くらいに感じていた。すべて自分で作った本を売る、ということがどういう感じなのか想像しづらかったのである。しかし、参加してみるとなるほど面白かった。恐らく、商業では出すことが難しいのだろうけど、でも読みたい人は一定数いる、というジャンルがいくつも存在するのだ。乗り鉄の同人誌、女性がたしなむストリップ入門、大学の文芸部の合同誌……。一冊、安くて三百円くらいのものもある。やさしめの値段設定が多いようだが、気になるものをすべて買っていたらあっというまに予算オーバーする。それに、自分も出店しているので、あんまりゆっくりは見られない。いつもすごい早歩きで目当ての本を買って、あとはブースで店番している。毎回後ろ髪を引かれる思いである。

長年出店している友人によると、エッセイの島は平和とのことだった。彼がいた小説の界隈《かいわい》は、男女間のもつれ、妖怪アドバイスおじさん、犬猿《けんえん》の仲のブースなど、かなりギスギスしていたと教えてくれた。わたしはずっとエッセイを出しているので、そんなに居心地の悪さを感じたことはないけれど、書き手が女性かつ、女性だけで店番していると、まあ不快なことは起こる。何故か敬語を使えない人に話しかけられたり(だいたいは買う気はないが話しかけてくる謎の人)、距離感がすごく独特な人に粘着されたり、手が届く存在だからか、おかしなことになりやすい気がする。地下アイドルってこういう気持ちなんだろうか。いや、絶対もっと大変だ。仲が良い友人はわたしより年上かつ背も高い男性で、彼が身を案じて隣接配置にしてくれるようになってからは、そういう嫌な気持ちになる出来事も格段に減った。ずっとそのことに感謝している。

長時間接客しているから、文学フリマはすごく疲れるのだけど、文化祭のような雰囲気はすごく楽しい。開場するときのカウントダウンとか、途中の場内アナウンスで来場者数を教えてくれたりするのも(そして毎年人数を更新している!)、士気が上がる。普段原稿を書くときは一人だし、一人でうんうん唸《うな》ったり、かと思えばよしきた！　と昂ぶったりしているだけなので、いざそれを読んでいる人たちを目の前にすると、すごく不思議な気持ちになる。言葉を交わせばなんとなくその人のことを覚えているから、「前も来てくださいましたよね」と話しかけてコミュニケーションをとるのも、また楽しい。大学生の女の子に「授業でマリさんの本を紹介しようと思って」と言ってもらったり、全く想定外だった七十代の読者の女性からお手紙と美しいハンカチをいただいたり、直接応援の言葉をかけてもらうことも、確実にエネルギーになっている。

*

自分の入籍、それにまつわる改姓手続き、義理の実家の旅行、そして締め切りが三つ重なった十月は、疲れを自覚できないほど忙しかった。「とにかく寝てみなよ」と夫に促され、夜の八時半くらいに布団に入って十二時間後に目覚めたときは、脳みそを取り出して洗ったように感覚が冴《さ》えわたっていた。疲れたら休むしかない。その時期はとにかくやることが多すぎて、色んな出来事を受け流していたが、そういえば忘れられない出来事がひとつあった。

三、四年ほど前にやらせていただいた、バーの一日店長で集まったわたしのファンの男女が、お付き合い、同棲を経て結婚した。文学フリマにも毎回二人で来てくれて、イベントにも顔を見せてくれたし、食事をしに行くような間柄《あいだがら》だが、あるときその夫であるRさんからメッセージが届いた。「来月神社で親族のみの結婚式をやるのですが、式中に境内《けいだい》を歩く予定なので、よかったら妻の白無垢《しろむく》姿を見てあげてくれませんか」という内容だった。それはめでたい、と快諾して、当日を迎えたのだが、二人の立派な姿を見て、「他人の人生を変えてしまった」という他ならぬ事実が胸に迫り、いてもたってもいられない気持ちになった。ちょっと怖くもなった。晴れ着に身を包んだ両家の皆さん、花婿《はなむこ》と花嫁、を遠くからじっと見つめる、普段着のわたし……。花婿であるRさんがわたしに気づいて、「ちょっと待ってて」とジェスチャーで伝えてくれたのだが、でも忙しいだろうな、家族水入らずの時間だし……と思って、ゆっくり離脱した。

いま思えば、貴重な瞬間だったので、遠巻きに撮った写真じゃなくて、二人の晴れ姿を近くで一枚撮らせてもらえばよかった。そしてその写真を、わたしが死んだあとに、わたしの博物館ができたら飾りたい。「思いがけず恋のキューピッドになったこともある」という一文を添えて。

そういえば自分も、縁があり、本に関する仕事をしている者同士で結婚した。夫と付き合い始めたとき、家に遊びに行くのを渋られたことがあった。「他に女がいるのか……?」と不穏な考えが脳裏をよぎったが、一ヶ月くらいしてやっと泊まりに行ったとき合点がいった。家のなかがやばすぎるのだ。玄関のドアを開ける前の階段のあたりから漂う古い匂い、玄関からキッチンまで占拠する古本、古本、古本。ごはんを食べて寝る部屋だけは、なんとかスペースを確保できているものの、その他は古本で埋め尽くされて、カニ歩きしないと家のなかを移動できないひどい有様だった。一度、大きめの地震があったときに「部屋がこんなになっちゃった」と彼が写真を送ってきたが、特に変化がわからなかった。サイゼリヤの間違い探しみたいだった。古本を売ることを生業《なりわい》にしているとしても、それはもうすごい数がそこにあるのだ。一緒に住むことが決まってから、彼が近くに事務所を借りて、それはもうすごく頑張って本を運び出してくれたので、いまは二人の趣味の本しか家にはない。しかし、たまに夫の仕事を手伝うときに仕入れられた本を見ていると、世の中には知らない本のほうが多いのだなと思う。

本といえば、わたしが想像するのは小説やエッセイだった。自分がアンテナを張っているのが文芸系とはいえ、自分で買ったことがあるのもほとんどその分野だった。しかし、夫の仕事に触れてから、様々なジャンルの本があり、そしてそれが古本ですごい金額で売れることを知った。同じ「本」を扱っている仕事ではあるが、全く知らない世界が、そこには広がっていた。よく、市場で買った本の束から「気になるのあったらあげるよ」と言ってもらうので、ありがたくもらっている。自分からほしいとは言わなくても、夫のセレクトで、仔犬《こいぬ》の写真集とか、料理の本とか、自分では選ばないジャンルの本が自室の机の上に置かれていたりして、この人生で読める本の数を考えては気が遠くなる。でも、とにかく一冊でも多くの本を読みたい。その気持ちはきっとずっと枯れない気がする。

原稿が書けないときの話

店を辞めて一年が経ち、そんなに月日が経ったことに驚きを隠せない。さすがにもう、働いているときの夢を見ることはなくなったけれど、でも、あの制服を差し出されて厨房に立たされたら、ほいほいと注文を捌けそうな気もする。一日くらいまた働いてみたいと思う気持ちはあるが、あの頃に戻りたいとは思わない。それは決して寂しいことではなくて、前に進んでいるからだと、そう思っている。

夢といえば、眠っているとき、いつも見る夢がある。決まって大学生のときの夢だ。軽音楽部の合宿中に「ライブまでにあと四曲覚えなくちゃ」と焦っている夢と、四年生なのに単位が足りそうになくて、内定が決まっているのに留年するのではと怯えている夢。どちらも本当にあった出来事で、そのときの焦りや恐怖があまりにも強烈だったのか、卒業して八年が経ついまも、その二つの夢にうなされては脂汗《あぶらあせ》をかきながら起きる。好きな音楽がたくさんあったので、言われるがまま色んなバンドの誘いに応じていたら大変な事態になっていたこと。一人暮らしで生活リズムが乱れ、学校もそんなに楽しくなくて、単位を落としまくっていたこと。深夜にスタジオでベースを弾きながら焦る指と、大学の近くの公園のベンチでひとりぼんやりしているときの風の冷たさ。起きたとき、現実とチューニングして安堵《あんど》のため息をつくのだが、あと何年この夢を見るんだろうとうんざりもする。もうわたしは大人で、楽器を練習しなくてもいいし、単位だってどうにかなって四年で卒業している。でも、スマホのカレンダーには「〇〇締め切り」という文字。大人になってもまだ、何かに追われる未来が待ち受けていたとは、当時のわたしは夢にも思わなかった。

原稿の依頼を受けるようになったとき、古かったパソコンを買い換えようと電気屋に行った。機械が苦手で、スマホすら全然使いこなせず、携帯ショップに勤めていた友人に笑われたことがあるわたしが、何故か一人でふらっと新宿にパソコンを買いに行った。昔から、下調べが苦手で、思い立ったらすぐに行動してしまう。電気屋の店員さんにパソコンを購入したいと相談して、「ギガって、何ですか」と聞いたときは「こいつ大丈夫か?」という表情をされた。丁寧に説明してくださったものの、だんだん頭が混乱してきて、何故かウォーターサーバーを契約して帰路についた。「いつでも、ちょうどいい温度のお湯が出ます」「知ってますか? コーヒーは、九十度くらいのお湯が適しているんです」という売り文句に、素直に感動して魅力を感じてしまったのだ。わたしが店員だったら、不憫《ふびん》すぎて止めていたと思う。家に帰って、友だちに事の顚末《てんまつ》を話して「何やってんの⁉」と本気で怒られたあと、薦められてデジタルメモ端末のポメラを購入した。原稿を書くだけの、昔で言うワープロのようなツールだ。

複雑なことが全然理解できないわたしにとって、ポメラはシンプルでよかった。依頼された原稿はすべてポメラで書くし、毎日書いている日記もポメラに残している。だから基本的にはポメラとスマホか、ポメラとタブレットで仕事をしていることになる。パソコンは、ついぞ買えなかった。近所の好きな喫茶店か、仕事場の休憩室、自宅のどれかで原稿を書く生活。たまに、色んなことを思い出して、ポメラを打ちながら涙ぐむ。自費出版の原稿も、初めて連載として毎月エッセイを書いていたときも、憧れの文芸誌に載せてもらったコラムも、全部このポメラで書いてきた。

わたしの部屋にある机は、友だちの夫婦が引っ越しのときに譲ってくれたものだ。以前使っていたものよりうんと大きく、椅子も座りやすくて使い勝手がいい。はずなのに、机の上は散らかっていて、大量の本、メモ帳、除菌シートや鉄分サプリ、命の母、ロクシタンのハンドクリームが無造作に置かれている。こんなに散らかっているときは、だいたいいつも集中力がない。原稿を書こうと机に向かっているのに、何も思い浮かばない。

喫茶店でお気に入りの席に座っても、自宅でコーヒーを入れて机に向かっても、何故か書くスイッチが入らないことがある。いや、スイッチというか、それ以前に考えがまとまらず、書くことが思い浮かばない。そのままポメラとにらめっこしながら、一時間、二時間と経つうちに気持ちだけが焦る。普段あれだけたくさんのことを考えているのに、いざとなると何を書いたらいいかわからなくなることがある。一行書いては消して、やっと千文字くらい書けたとしても、それに繋がる文章が見つからない……。そうこうしているうちに夜がきて、買い物に行ったり、夕飯を作ったり、お風呂に入ったりしないといけない。夜中まで考えても書き出しに悩み、布団のなかで考えながら（あと一週間）と絶望する。ひどいときは、兄の結婚式に向かう飛行機のなかでも原稿を書き、ホテルの部屋に籠《こ》もってうんうん唸っていた。

正解がある仕事ではないから、時間さえあれば書けるとも思わない。逆に、すごくよく書けたと思う原稿が一時間くらいで仕上げたものだったりする。きっとわたしは効率が悪く、タイピングも遅いし、時間がかかる。でも、それでも自分の書いたものは好きだった。自分を好きになれないときも、自分の書いたものは好きでいられた。だから、時間がかかっても納得のいくものを書きたい。

どうやったって書けないときは、一度書くことから離れてみる。友だちと会ってみたり、近所の公園に犬を見に行ったり、わたしにとって一番効くのは銭湯《せんとう》や温泉の大浴場に入ること。インターネットから離れて、ただぼんやりする時間がなんと尊いことかは、年を重ねてわかったことだ。「何もしない」というのは、意外に一番難しい。でも、喫茶店でコーヒーを飲んだり、隣町まで散歩したり、そういう余白が何かを生み出したりもする。

書けない時期に、他の書き手の人がいい文章を書いていると、ものすごく勇気が湧いてくる。何故か嫉妬しないし、かえって良い起爆剤となる。本だけではなくて、ブログとか、ニュースレターとか、色んな媒体の文章を読んで、脳の刺激も試みる。漫画とか、映画とか、ドラマとか、ラジオもまたいい。人が作ったものに触れるというのは、自分も作品を作っている以上、とても良いことなのだ。

それに、日記について書いたときに触れたように、書くことは筋トレと同じだった。毎日こつこつ書いていけば自ずと力はついてくるし、いつのまにかきちんと血肉になっている。でも、ストレッチや休ませることだって、ときには大事なのだ。だから書けないときは、しんどくても悲観しない。植物が水や光を吸収するように、心がよろこぶ栄養で、これからも自分を作っていきたい。それに、わたしがこの人生をかけて、ながーーいあいだやってきたことが、すぐにだめになるとも思わないから。

おわりに――なかったことにならないでほしいこと

二〇二一年の暮れだった。実家に帰ったときに、夕飯の支度をしている母の横に立って、「お父さんと温泉旅行に行ってきたら」と切り出した。ピーマンの種を取っていた母は、「え？」と振り返る。母が身につけている花柄のエプロンは、多分わたしが学生時代に、母の日か何かでプレゼントしたものだったと思う。もう柄も色も薄くなって、買い換えたらいいのにずっと使っている。来年の母の日のプレゼントはエプロンにしてあげようと思った。「温泉。なんでね」なんでね、というのは、いわゆる「分度器」と同じイントネーションになる。「なんですか」という意味である。母は、関西弁と九州弁が混じった、不思議な話し方をする。

母と向き合う形になり、「お金が入って、仕事で」とたどたどしく説明する。文章を書くことを仕事としているのにわたしは、人と話すのが本当に得意でない。まず、目を見て話すのが苦手だ。それがお化けより怖いから、わたしはカウンター席が好きだ。「どういうこと?」少し笑っているけど、意味がわからないのか母は聞き返す。そこでやっと、わたしは少し前から文章を書く仕事をしており、今年本が出て、それが本屋に並んでいる、そしてそのお金が入ってくるから、二人に温泉旅行をプレゼントしたいのだ、と申し出た。

「えー」「……」「えー!!」「……」「……ほんまなん?」「うん」「本……」とにかく驚いていた。一度も言っていなかったし、そんな様子を見せたこともなかったからだ。ただ東京でのんびりバイトして暮らしている、それで付き合っている恋人がこのあいだ同棲の挨拶に来て……そう思っているだけの両親だった。だから、とにかく驚いていた。「本屋さんで普通に売ってるわけ?」「そうやな、まあ、売ってないところもあるけど、大きいところだったら置いてあるかな」「すごいことなんちゃうん」「本当にすごかったら、まあ、ベストセラーで何万部とか刷られるんだよ」そういう応酬をしながら、でもだんだん母の顔が綻《ほころ》んでいくのを見た。「言ってくれたらなあ、ケーキでも買ってお祝いしたのに」と、さっきのピーマンに塩胡椒をかける。そこで父が帰宅して、「お父さん、まりが」と母は本のことを説明した。同じように驚いて、出版社と書名を教えてと言われたけれど、言わなかった。教えなくても十分だと思った。

いつだかのお盆、結婚したばかりの兄が夫婦で帰省してきた。わたしは義姉《あね》のことが初めて会ったときから好きで、はやくも心を開いていた。二人で夜更けまでお酒を飲んで、色んな話をした。そのときぽつりと、文章を書いている話をした。お酒もだいぶ飲んでいたから、「わたしはお兄ちゃんたちに比べて何もできなかった、お兄ちゃんたちが持っているものが羨ましかった」と少し泣いた。そこへお風呂からあがった母がきて、「まりはね、変わった子やったなあ」と切り出した。「いつも大人がびっくりするようなことばっかしてて、すっごいマイペースで、感受性が豊かで、兄妹三人同じように育てたつもりが、性格って全然違うんやねえ。でも、わたしたちは普通じゃないのが怖かった。親だから、どうにか普通に育てようとして、この子を押さえつけるようなことばかりした。もしそんなことをしなければ、いまごろ何かすごい人になってたんじゃないかって、親バカだけど、いまでも思うんよねえ」そう言い終わると、髪の毛を乾かしに行ってしまった。

親のことを好きだと言えない自分がずっと嫌だった。自分の言動を認めてくれない存在を疎《うと》ましく思う期間が長すぎて、ずっと素直になれなかった。集団に馴染めない、大人から見たら異常な行動ばかりする自分に向けられた眼差しの冷たさをずっと感じていて、親すらも味方してくれないと、ずっと寂しい気持ちを抱えて、いじけて生きてきた。素行《そこう》に問題がなく、学業の成績も運動神経もよかった男の子を二人育てたあとで、わたしのあまりにも傍若無人な態度や頑固な性格に不安を感じたのも無理はない。でも、叱られたぶんだけ反発したくなって、自分の気持ちを話すことができないままに親元を離れたものだから、親としても心残りがあったのだと思う。いまは、子ども時代から長年溜めていたエネルギーを、書くことで爆発させて生き直している。母は、わたしが作家になったことがうれしいと、母方の祖母にも報告したそうだ。認知症で寝たきりの祖母であったが、喜んでくれた。翌年、祖母は亡くなった。

幸福な出版だったとしみじみ思う。わたしは書きたいことを書き、それを担当編集の天野さんが見つけてくれて、書籍化して、店頭に並んだのだ。夫の両親もわたしの仕事を知っていて、幸福なことに、応援してくれている。でも、三十歳を迎えて結婚して、同年代の友だちが妊娠や出産の話をしているとき、色んな想いが頭を巡った。第一子が生まれた。ジェンダーリビールケーキやってみた。そろそろ子ども産んでおかないと。三年前から妊活しているけど、授《さず》からない。出版や書くことについてのあれこれよりも、そんな生の声が、三十歳の女性であるわたしのリアルな生活にはよく響いていた。わたしの両親も、夫の両親も、わたしが母親になると当たり前に思っている。みんなすごくうれしそうな顔で言うものだから、それに反発したい気持ちがあることを言えないで、そのたびに悲しくて身体が透明になって消えてしまいそうだった。かつてないほどのプレッシャーを感じた。もう三十歳なのに、親の言うことを聞きたくない。それでも、兄の娘である姪たちはかわいくて仕方がなく、毎日写真共有アプリを立ち上げてはその成長に心が温《ぬく》くなる。「まりちゃん」とまだ言えずに「ちゃん」と呼ぶこと。会うまでは「ちゃん！　ちゃん！」と騒ぐのに、いざ会うと人見知りして兄の胸に顔を埋《うず》めること。抱いたときの重み、良い匂いの肌、水分の多い瞳《ひとみ》。泣いていても怒っていても、ただ愛情を注ぎたいと思う。そんな存在ができたことに、ただただ驚く。価値観もほしいものも、簡単に変わってしまうのだと気づいたのだ。

夫に子どもについて聞いてみたとき、「ほしいよ」と返ってきた。即答だった。こんなふうにきっぱりと意思を示されたことに内心は驚いた。子どもが大好きで、甥や姪だけではなくて他人の子どももかわいいと言う彼がそう言うことに、なんの矛盾もないと思う。でも、「子どもがほしい」、というのはわたしに「産んでほしい」ということで、だからそんな願望があったことに、やはりびっくりしてしまった。でも、夫にほしいと言われたことは、素直にうれしかった。それはわたしも同じ意見だったから。「わたしも、できたらほしい。でも、もしできなくてずっと二人でいる生活でもいい」と言って、そうだよね、と手を握り合った。

だからこそ、この話をするなら言わなくちゃ、と思って、切り出した。「でも、わたしがほしいと思うのと、周りに言われるのは違うんだよ」そうだね、そうだよ、と夫は頷く。「わたしが、」と言いかけて声が震えた。「わたしが、自分の仕事が好きで、本を出していたって、重版したって、それが別の国で翻訳されることになったって、そんなことより子どもを産まないと認められない？　子どもを産んでいる女の人のほうが偉いのかなって、そう思って暗くなることがあるよ」そこまで言って、でも後悔はなかった。ようやく自分の気持ちを言えた。この人になら、この人にしか。

夫はわたしの苦しさを汲んでいたわり、最後に言ったことについては「そんなことないよ」と断言した。あなたは本を書くことで色んな人を勇気づけてきて、それはすごいことなんだよ、と言った。本当はわたしだってわかっている。よくわかっている。売れる作家になるほうが偉いとか、子どもを産む女のほうが偉いとか、そんなものは他人が測れるものではないし、そんなもので人の価値なんて測れない。でも、このしんどさを聞いてほしかったし、感じていることを持ち寄りたかった。言わなかったことや言えなかったことが、なかったことにならないでほしい。そう思い続けて、そう思うから、そう思っていることを、わたしはずっと書いてきたのかもしれない。いや、そうだった。

これまでもこれからも、書いていくのだと思う。誰に頼まれたわけでもなければ、いつやめたっていいこの仕事を、自分の命綱のように握っている。いつも、頭のなかで弾《はじ》けて浮かぶ言葉たちを並べているあいだのことを、幸福と呼ばずになんと呼ぼう。あのときの、指の先まで血が通う温かさと、脈打つ心臓のことを思う。書くたびにいつも、何度でも、自分と出会い直す。ままならないと思っていた毎日でも、それでも日々は続いていく。よろこびや楽しさだけで生きていけるのが人間ではない。だってわたしは、苦しいときこそ前に進んでいた。そして気づけば、書きたいと思う生活が、そこにはあった。

謝辞

この本を出すことが決まったとき、「へえ！」と思った。うれしさと驚きが三対七くらいの配分だった。何故驚きが多いかというと、前作である『常識のない喫茶店』を出したあとに「喫茶店の完結版を出したいですね」と担当の天野さんと話していたのだが、そのことに関しては「今度飲みましょう」くらいの約束だと思っていたからだ。つまり、もし果たせなくても自分はそのことについて怒らないし、まあそうか、忙しいもんね、くらいに流せるような温度の約束だった。それに、わたしは天野さん（および読者の方々）が思うよりうんと早く喫茶店を「卒業」して、新しい生活を始めていた。だから、もう書くような（奇天烈な）出来事もないし、あの約束は消えていくだろう、と半ば申し訳なく思う気持ちもあった。それが、年明けになって、天野さんは本当に企画書を送ってきてくれた。そうか、本当にやるんだ！　書かせてくれるんだ！　と思って、わたしもスイッチを入れて動き始めた。

毎年「今年は激動の一年だった」と思い続けて数年。最近は、喫茶店を卒業して、新たな土地に住んで、二人の生活を始め、結婚して苗字も変わった。変化に富んだ充実した日々を送っていたが、まだ馴染まないのか身体も心も疲れていて、うまく文章を書けないことも多かった。でも、そういう時期を経験して、「乗り越え方」というのがわかったことが、大きな収穫になったと自負している。「書く」という行為で自分と向き合い続ける。この甘くて苦いよろこびが、わたしの人生には必要なのだ。

前作に引き続き、一緒に作品を手がけてくださった柏書房の天野潤平《じゅんぺい》さん、装画の我喜屋位瑳務《がきやいさむ》さん、装丁の木庭貴信《こばたかのぶ》さんと岩元萌《いわもともえ》さんに深く感謝致します。多忙なみなさんが、時間と手間をかけてわたしの作品に携わってくださったことが本当にうれしいです。またひとつ、宝物が増えました。

そして、いつもわたしを面白がってくれる夫、家族、しーちゃんはじめ喫茶店のみんな、大好きな友人たち、最後に、何よりも、この本を（わたしを）見つけてくださった人たちに、たくさんのうれしいことが待っていますように。

二〇二三年　新春　真夜中と朝の境目をなぞりながら

僕のマリ

僕のマリ（ぼくのまり）

一九九二年福岡県生まれ。二〇一八年活動開始。同年、短編集『いかれた慕情』を発表。同人誌即売会で作品を発表する傍ら、商業誌への寄稿も行う。二〇二一年九月に出版した『常識のない喫茶店』（柏書房）は「キノベス！２０２２」六位にランクイン。その他の著書に『まばゆい』（本屋lighthouse）がある。
Twitter：@bokunotenshi_

「I　常識のない喫茶店」に収めたエッセイ「卒業」は、柏書房のウェブマガジン「かしわもち」に掲載した原稿を加筆修正したものです。その他はすべて書き下ろしとなります。なお、プライバシーに配慮し、登場する人物は一部仮名にしました。

書《か》きたい生《せい》活《かつ》

二〇二三年三月一〇日　第一刷発行
二〇二三年四月五日　第二刷発行

著　者　僕《ぼく》のマリ
発行者　富澤凡子
発行所　柏書房株式会社
東京都文京区本郷二-一五-一三（〒一一三-〇〇三三）
電話（〇三）三八三〇-一八九一［営業］
（〇三）三八三〇-一八九四［編集］

装　画　我喜屋位瑳務
装　丁　木庭貴信＋岩元萌（オクターヴ）
組　版　株式会社キャップス
印　刷　壮光舎印刷株式会社
製　本　株式会社ブックアート

ISBN978-4-7601-5510-1